Tim Dabringhaus

Michel erwacht

Roman

Tim Dabringhaus

Michel erwacht

Alle Rechte vorbehalten. Kein Teil dieses Buches darf ohne vorherige schriftliche Genehmigung durch den Autor reproduziert werden, egal in welcher Form, ob durch elektronische oder mechanische Mittel, einschließlich der Speicherung durch Informations- und Bereitstellungs-Systeme, außer durch einen Buchrezensenten, der kurze Passagen in einer Buchbesprechung zitieren darf.

Autor und Verlag waren um größtmögliche Sorgfalt bemüht, übernehmen aber keine Verantwortung für Fehler, Ungenauigkeiten, Auslassungen oder Widersprüche.

1. Auflage
04/2019

© J-K-Fischer Versandbuchhandlung Verlag und
Verlagsauslieferungsgesellschaft mbH
Im Mannsgraben 33
63571 Gelnhausen Hailer
Tel.: 0 60 51 / 47 47 40
Fax: 0 60 51 / 47 47 41

Besuchen Sie uns im Internet unter
www.j-k-fischer-verlag.de

Die Einschweißfolie besteht aus PE-Folie und ist biologisch abbaubar. Dieses Buch wurde auf chlor- und säurefreiem Papier gedruckt.

Layout, Satz/Umbruch:
Heimdall Verlagsservice, Rheine, www.lettero.de
Druck & Bindung: FINIDR, s.r.o.
ISBN 978-3-941956-79-7

Jegliche Ansichten oder Meinungen, die in unseren Büchern stehen, sind die der Autoren und entsprechen nicht notwendigerweise den Ansichten des J-K-Fischer-Verlages, dessen Muttergesellschaften, jeglicher angeschlossenen Gesellschaft oder deren Angestellten und freien Mitarbeitern.

Inhalt

Kapitel 1 – Mein Geburtstag 7

Kapitel 2 – Von Paula und Jessica 15

Kapitel 3 – Der Brief 33

Kapitel 4 – Flucht in die Vergangenheit 49

Kapitel 5 – Zurück in Grainau 65

Kapitel 6 – Der Alte 75

Kapitel 7 – Null Sieben Null Null....................82

Kapitel 8 – Mein Herzeleid..............................95

Kapitel 9 – Steil hoch 111

Kapitel 10 – Vater 127

Kapitel 11 – Fragen über Fragen 139

Kapitel 12 – Kindermenschen.......................158

Kapitel 13 – Meine Entgleisung....................174

Kapitel 14 – Ein neuer Tag 189

Kapitel 15 – Verzückung 200

Kapitel 1
Mein Geburtstag

Man sagt, Alexander der Große habe geweint, als er die ganze Welt erobert hatte. Er habe geweint, weil ihm nun keine Ziele mehr blieben. Bei mir war es ähnlich, aber richtig bewusst wurde mir das erst an meinem dreißigsten Geburtstag. Der wurde natürlich groß gefeiert.

Und der wurde groß gefeiert, weil ich zu den Großen gehöre. Wenn man einmal dort angekommen ist, kann man sich nicht mehr hinter falscher Bescheidenheit verstecken und wenn man es trotzdem versucht, macht man sich nur lächerlich. Denn Neid kann man nicht vermeiden, erst recht nicht, wenn man ihn sich verdient hat. Doch daran hatte ich mich mittlerweile gewöhnt, deswegen musste ich nicht weinen.

Weinen musste ich, weil ich alles hatte und nichts war. Oder man könnte auch sagen, weil ich nur das war, was ich hatte. Und das spürte ich da zum ersten Mal ganz deutlich.
    Nun, immerhin hatte ich viel. Und das war nicht immer so. Noch erinnere ich mich an die Zeiten, in denen ich nichts hatte. Und darum erinnere ich

mich noch an die Zeit, in der mein Herz meinen Weg bestimmt hatte. Doch dieser Weg sollte mir nicht gefallen, denn meinem Herzen wollte ich nicht trauen. Damals wollte ich nur dem Stoff trauen, den man uns an der Universität lehrte und aus dem unsere Träume gestrickt waren: Wie macht man aus viel Geld noch mehr Geld?

Für einen heranwachsenden, hungrigen, jungen Mann – der ich nun mal war – ist die Welt zu komplex, um sie in nur wenigen Jahren studieren zu können. Daher hungerte ich nach einfachen Prinzipien, wie zum Beispiel die der Marktwirtschaft, nach klaren Regeln, an die man sich halten muss und die vertraglich definierten Vergütungen, die man bekommt, sobald man die Regeln eingehalten hat. Und die man bekommt, weil man keine dummen Fragen stellt.

Dumme Fragen waren nie meine Sache. Wieso sollte ich meinen Weg unnötigerweise beschweren? Dumme Fragen stellen, taten nur Leute, die nicht weiterkommen wollten. Leute, die zu faul zum Studieren waren. Leute, die an diesem System gescheitert waren, ja nur die stellten dumme Fragen.

Eine der dümmsten dieser dummen Fragen war die Frage nach dem Ursprung des Geldes. So eine Frage kann echt lästig werden, besonders dann, wenn man das Geld zum Sinn seiner Betätigung erhoben hat. Oder gar zur Bestätigung seiner selbst.

Damals glaubte ich wirklich noch: nur wer kein Geld hat, stellt dumme Fragen. Alle anderen sind froh, dass es das Geld gibt.

Und trotzdem, hier mitten auf meiner großen Geburtstagsfeier, es sind einhundertfünfzig Gäste gekommen, um mir zu huldigen, quälten mich plötzlich dumme Fragen. Wohl ausgelöst durch die Abwesenheit meiner Frau Jessica, jenes schöne, mir unerreichbare Wesen. Sie blieb zu Hause, bei unserem Sohn. Aber das war nicht der Grund, wieso sie nicht gekommen war. Und nun, während aus zig gut geölten Kehlen mir ein Ständchen vorgerölt wurde, geisterten mir nicht nur dumme Fragen, sondern auch böse Ideen durch meinen Kopf. Und das lag nicht an dem Säufer-Singsang.

Die Geschenke waren wie immer dieselben. Aber dieses Mal war es besonders schlimm. Wenn ich ehrlich bin, beschenkt zu werden, macht mich nervös. Als Beschenkter steht man immer unter dem Druck, eine geeignete, freundliche Reaktion zeigen zu müssen. Auch wenn man nichts sagen will, aber die Augen sollten Freude und Überraschung widerspiegeln. Das kann anstrengend werden. Obwohl ich immer die Show der Dankbarkeit ganz gut beherrschte. Denn sonst wäre ich ja wohl nicht so weit gekommen.

Aber nun, und zum ersten Mal überhaupt, wünschte ich mir nichts sehnlicher als eine abgesägte Schrotflinte. So eine, wie man in den Filmen sieht, wenn jemand ausrastet. So eine, mit der man durch jede Eichentür durchkommt. So eine, die es geschafft hätte, ein Loch in Jessicas Mauer zu reißen, hinter der sie sich versteckt und hinter der sie nie rauskommt.

Wenn ich ehrlich bin, war diese Mauer von Anfang an da. Sie war nur damals noch nicht so groß. Oder ich noch nicht so klein. Ja, ich bin immer kleiner geworden. Rein innerlich. Damals hatte ich kein Geld und fühlte mich größer als heute, wo ich sehr viel Geld habe. Ob man sich groß fühlt, hat nichts mit Geld zu tun, sondern nur, ob man geliebt wird. Das wurde mir schlagartig bewusst, als der fünfte Mojito meine Kehle runterfloss.

Und ja ... was nützt die schönste Frau, wenn sie einen nicht liebt? Was nützt das beste Mannesalter, wenn man es nicht ausleben kann? Und was nützen mir meine Freunde, wenn sie mich nicht sehen? Und ausgerechnet mein bester und wohl einziger Freund, Tom, konnte heute nicht kommen. Der Blödmann musste irgendwo Nachtschicht schieben, weil er sein Leben lang ein Hungerlöhner geblieben ist. Und trotzdem war es mein bester Freund, einer noch von damals.

Den ganzen Abend blieb ich im Schatten, im Abseits, soff und grübelte, wie ich, Michel Bunt, ein Junge aus dem Tal, hierhin gekommen bin. Und zum ersten Mal fragte ich mich auch, was ich hier noch soll.

Meine Gäste hatten Spaß, besonders an den Mojitos, manche standen auf kolumbianische Frischmacher und konnten dementsprechend mehr trinken. Die Musik war laut. Ich stand abseits, schaute dem lustigen Treiben zu. Und hatte meinen Frieden damit, dass ich heute Abend der war, der am wenigsten Spaß hatte. Es kam auch den ganzen Abend niemand, der mich fragte, wie es mir geht. Ich wüsste auch nicht, wie ich reagiert hätte. Stattdessen kamen – gefühlte – tausend

Leute auf mich zu, die alles »echt supi« fanden, mich rasch auf die Wange küssten, um sich dann über das Buffet oder auf die Tanzpiste zu stürzen.

Es war schon sehr spät, oder besser früh am Morgen. Ich wankte nochmal auf die Mojito-Bar zu, als auf einmal Siegenot auf mich zukam und mir direkt ins Gesicht schleuderte:
»Mann Michel, was hast du ein verdammtes Glück gehabt, dass du damals diese Braut aufgerissen hast! Schau, wo du angekommen bist! Glückwunsch! Und das schon alles mit dreißig! Du hast es echt geschafft!«

Das war eindeutig zu viel. Ich kotzte in einem prächtigen Schwall direkt auf und in Siegenots Peter-Pan-Schühchen. Siegenot war ein erfolgreicher Werbeclip-Regisseur und er mochte den extravaganten Auftritt. Heute trug er Stiefelchen, die nach oben wie ein Trichter aufgingen. Dazu eine sackartige, genderfreie Knickerbocker, die zum Glück schon am Knie aufhörte. So blieb wenigstens die Hose verschont.

Siegenot schaute stumm von oben hinab in seine nun mit Lachs, Bier und Mojito gefüllten Stiefelchen und traute sich nicht, sich zu bewegen. Ich war froh, dass er so ruhig geblieben war. Aber sein Blick verriet mir, dass wir niemals echte Freunde waren. Solche Leute kannte ich nur, seitdem ich Geld habe.

Im Reflex drückte ich ihm einen Hundert-Euro-Schein in die Hand, um den Schaden gut zu machen und damit das bitte unter uns blieb. Siegenot ließ den Schein in seiner Jacke verschwinden, so schnell konnte ich gar nicht gucken.

Auch er hatte mich den ganzen Abend lang nicht ein einziges Mal gefragt, was mit mir los ist oder wie es mir geht. Im tiefsten Inneren hatte ich meine diebische Freude als ich sah, wie Siegenot die beiden Fischkutter zur Toilette lotste und mit jedem Schritt ein bisschen Lachs verlor.

Jetzt war »echt supi« vorbei und ich habe ihm natürlich nicht geholfen, sich die Füße zu waschen.

So weit war es gekommen! Ich machte teure Partys für Leute, die ich nicht mochte und kotzte ihre Designerklamotten voll.

Erst sehr viel später erkannte ich, dass dieses peinliche Missgeschick so eine Art Markstein war und mein Leben von da an eine drastische, positive Wende nehmen sollte. Positiv nicht nur für mich, sondern für den ganzen Planeten.

Heute Nacht schon begann meine Reise – und auch die, wie alles, begann im Kopf. Sie setzte schleichend ein und führte mich zu nötigen Visionen, unbequemen Einblicken und einem neuen, besseren Paradigma.

All das durfte ich finden, dabei war ich nur auf der Suche nach ein bisschen Liebe.

Kapitel 2
Von Paula und Jessica

»Der Letzte macht das Licht aus!«, lallte ich der wilden Meute entgegen. Der Einzige, der es hörte, war Siegenot. Er stand direkt neben mir, mittlerweile barfuß. Wir verließen die Party und warteten auf meinen Fahrer. Und da war er schon. Leise rollte meine dunkle Limousine vor.

Das war doch klar, dass ich Siegenot nach Hause brachte. Wir hörten Radio. Das war mir recht, so brauchten wir nicht zu reden. In den frühen Morgenstunden ist das Radioprogramm gut. Und ich wunderte mich über all die Zuhörer, die so früh schon anriefen, um sich einen Song zu wünschen.

Siegenot gönnte sich noch ein Näschen Kokain und mir wurde nur vom Zugucken schlecht. Als dann Boy George »Do you really want to hurt me?« säuselte, hielt der Wagen an und ich war Siegenot endlich los.

Danach verließen wir die Innenstadt und fuhren raus aufs Land. Eine halbe Stunde Fahrt lag noch vor mir. Ich fläzte mich melancholisch auf dem breiten Rücksitz, trank noch ein frisches Altbier aus meiner Heimat, das ich immer im Kühlfach hatte, und hörte, wie im Radio ein Mann sich für seine geliebte Paula als Liebesgruß das Lied I BELIEVE IN YOU von Talk Talk wünschte.

Ich war wie vom Schlag getroffen! Auch ich hatte eine Freundin, die Paula hieß. Und genau dieses Lied war auch unser Lieblingslied! Es war so sanft, von feinem Rhythmus und unterlegt mit der tief gläubigen, fast euphorischen Stimme von Mark Hollis. Zum Bumsen gibt es kein besseres, kein sinnlicheres Album als SPIRIT OF EDEN.
I BELIEVE IN YOU war perfekt zum Kuscheln. Richtig zur Sache ging es dann bei THE RAINBOW mit seinen dreiundzwanzig Minuten. Bei Paula und mir lief das Stück auf Repeat. Wir hatten uns selig gevögelt, von Regenbogen zu Regenbogen das Nirvana gemeinsam durchtanzt. Das waren noch Zeiten!

Oh Mann, Paula! Was machst du heute? Wo treibst du dich wohl rum? Mich überwältigten alte Erinnerungen. Lang ist es her. Damals in Grainau, dort lernte ich sie kennen. Das war wohl die schönste Zeit meines Lebens.

Zu verdanken habe ich diese Zeit meinem Freund Tom. Tom und ich waren von früh an Schulkameraden, er wohnte wie ich am untersten Rand der Südstadt, dort wo Nachkriegsbauten und Wohnbaracken auf die ersten noblen Villen stoßen. Genau an jener Grenze wurde ich groß, und natürlich schaute ich immer nur den Berg hoch, dort wo die Häuser immer größer und schöner wurden, dort wo Tom und seine Eltern wohnten.

Er lebte den Berg nur hundert Meter weiter höher als meine Familie und in einem deutlich besseren Haus. Diese Hackordnung ist so alt wie die Industrialisierung. Die Wohlhabenderen entkamen dem engen, stickigen Tal und flüchteten sich auf die anliegenden, grünen Hügel.

Ja, ich weiß, ich schweife ab, von Paula war die Rede, aber Tom ist wichtig, denn Paula hätte ich ohne ihn nie kennengelernt.

Das Loch, in dem ich aufwuchs, war ein solider Boden um darauf anzufangen, aber mir war klar, ich muss weiter. Tom hingegen, so schien mir, ruhte sich auf seine bessere Geburt aus. Seine Nase war von Anfang an über dem Smog dieser Stadt. Er hatte nie den Drang gespürt, weiter nach oben zu kommen, wie ich. Er kannte nur den Drang ehrlich zu bleiben und sich selbst treu. Und dafür liebe ich ihn. Und manchmal bewundere ich ihn dafür.

Auch wenn in Wuppertal hundert Meter viel sind, um zwischen wohlhabend und kleinbürgerlich zu unterscheiden, so ist es nur ein winziger Nanometer, wenn man dann später die Welt gesehen hat und erkennt, welche Straßen, Ideen und andere kleine Jungs mit viel Fantasie und Mut es sonst noch so überall gab und gibt. Da ging es dann vielleicht nicht immer so lustig zu, so wie es bei uns war. So gesehen können wir beide froh sein, hier im Tal aufgewachsen zu sein. Da machten die hundert Meter und ein etwas besseres Haus keinen Unterschied.

Aber richtig zusammen fanden Tom und ich erst auf den vielen Ski-Freizeiten, die der Skiverband NRW veranstaltete. Das waren für uns Jugendliche tolle Reisen für ein kleines Budget. Jedes Jahr nahm ich daran teil, jedes Jahr war Tom dabei. Skilaufen war unsere große Leidenschaft.

Nach dem Abitur bekam Tom eine Lehrstelle als Hotelkaufmann bei seinem Onkel, der Direktor des renommierten Eibseehotels war. Das ist ein großes Hotel direkt am Eibsee in Grainau, am

Fuße der Zugspitze, und in der Nähe eins der begehrtesten Skigebiete Deutschlands.

Als wäre es gestern, ich sehe es noch, wie Tom mir seine Pläne für »nach dem Abi« erzählte und mir lief nur das Wasser im Munde zusammen. Ich wollte mit. Eine Lehre als Hotelkaufmann kann nie schaden, dachte ich. Aber zwei Jahre Skilaufen wollte ich mir unter keinen Umständen entgehen lassen. Ich musste meine Bewerbungsmappe zusammenstellen, ein Telefonat und ich war dabei. Vitamin B ist eben alles.

Ich war so froh, dem kleinbürgerlichen Muff meines Elternhauses endlich entkommen zu können. Und seitdem habe ich mit meinen Eltern recht wenig Kontakt. Ich war Einzelkind und fühlte mich in ihrem Haus die ganze Zeit wie ein Adoptiv-Sohn. Vielleicht war ich ja einer, aber man hatte es mir nie gesagt. Es wurde sowieso in diesem Hause nie viel gesprochen. Meine Eltern und ich hatten wirklich nichts gemeinsam. Weder das Aussehen, noch die Ansichten. Und was soll ich heute mit ihnen, wo ich mehr in einem Monat verdiene als mein Vater in einem Jahr. Jetzt haben wir erst recht nichts mehr gemeinsam.

Wie gut, dass ich von früh auf Tom hatte, er war nicht nur ein super Freund, sondern nach der Schule und am Wochenende hingen wir meistens bei ihm zu Hause rum, und seine Eltern waren einfach nur prima. Die Mutter sang an der Oper und der Vater war ehemaliger Box-Profi. Da war immer was los! Viele Freunde hatten die auch. Das war eine schöne Zeit. Zu gerne erinnere ich mich an die Grillfeste in ihrem Garten. Die hatten sogar eine Tischtennis-Platte.

Und meine Eltern, was hatten die? Zu graue Tapeten und eine zu große Steinmännchen-Sammlung. Im Wald Steine sammeln, die bunt bemalen und daraus Figuren kleben, das war die große Leidenschaft von meinem Vater. Immerhin was Kreatives.

Als ich auszog, sagte ich: »Hey Vadder, wenn mein Zimmer leer wird, hast du ja mehr Platz für deine Sammlung!«

Und ich merkte sofort, wie er sich freute.

Tom und ich reisten mit der Eisenbahn gemeinsam nach Grainau, das direkt hinter Garmisch-Partenkirchen liegt. Dort wurden wir abgeholt, es ging dann noch ein paar Kilometer weiter bis zum Eibsee. Direkt am Ufer befindet sich ein großes, stolzes Gebäude, das Hotel und im Hintergrund die Berge. Vielleicht einer der schönsten Orte auf der ganzen Welt. Und hier mussten wir, nein: hier durften wir zwei Jahre bleiben.

Wir lebten in dem Hotel im Seitenflügel mit all den anderen Azubis, Küchengehilfen, Zimmermädchen, Kellnern und Putzfrauen. Ich teilte mit Tom das Zimmer. Wir waren eine kleine, funktionierende Gemeinschaft unter strenger aber gütiger Aufsicht von Toms Onkel. Und die Arbeit war abwechslungsreich, und es gab jede Menge vornehmes Publikum. Das interessierte mich nämlich ganz besonders. Denn so wie die wollte ich auch sein.

So ein Hotelbetrieb ist eine extrem spannende und lebendige Angelegenheit. Man sieht viel, man hört viel, man lernt viel. Besonders diskret zu lächeln und die Klappe zu halten. Und das tat ich gerne, denn ich freute mich schon auf den Abend, an dem ich vor dem Einschlafen Tom das neuste Skandälchen erzählen würde. Irgendeins gab es ja immer, besonders mit den Neureichen.

Das Einzige, was mir nicht gefiel, war, dass ich immerzu nur dienen musste. Das störte mich zutiefst, denn zum Dienen wurde ich nicht geboren.

Und mit Dienen meine ich nicht den Job, den wir machten, sondern die Haltung, die man uns abverlangte. Manchmal fragte ich mich, ob das eine Lehre zum Hotelkaufmann oder eine Ausbildung zum Butler war.

Sonst war es eine unbeschwerte Zeit. Tom und ich waren ein tolles Team. Natürlich haben wir hart gearbeitet, wenn nicht, hätten wir Toms Onkel vorgeführt. Und das ging gar nicht.

Tom und ich hatten viel gelernt, aber keiner von uns ist in der Hotelbranche geblieben. Tom träumt ja heute noch immer von einer Karriere als Musiker, und ich ging nochmal zur Uni, nochmal nachlegen, ich wollte im Prinzip nur eins: reich werden und mich dann auch bedienen lassen in feinen Häusern an den schönsten Locations, dazu eine schöne Frau und ein schönes Auto.

Grundsätzlich stehe ich auf eine Mischung aus sportlich und elegant, das Objekt meiner Begierde sollte gut aussehen und sich gut anfühlen. Das zu erstreben war für mich immer Sinn des Lebens, oder anders: das Leben was ich auch haben wollte. Und ausgerechnet hier, wo der Glanz mich am meisten blendete, tauchte Paula auf.

Oh Paula! Heute mit Abstand weiß ich, dass sie die Antithese zu der ganzen stocksteifen Hotelwelt war. Das, was mich damals an ihr so faszinierte, war vermutlich unbewusst mit der Grund, weswegen ich sie dann später leider aus den Augen verloren hatte: sie war einfach zu frei, zu wild, zu spontan. Oder man könnte auch sagen, nicht fein genug.

Trotz ihrer Intelligenz merkte man ihr ihre einfache Herkunft an. Die Eltern waren geschieden. Die Mutter war nach München gezogen, Paula wuchs bei ihrem Vater auf, der war für die Reinigung der Bahnhofstoiletten zuständig.
Irgendwann erfuhr ich, dass kleine freche Kinder ihn gehässigerweise »Papa Pipi« riefen. Aber ich mochte ihn. Er strahlte so eine zufriedene Ruhe aus, und außerdem war er ein super Koch. Bei Michel Kovovics, Papa Pipi hieß auch Michel, genau wie ich, da habe ich immer gerne gegessen. Bei ihm war das Essen sogar besser als im Hotel. Manchmal ist das Leben ungerecht, wäre der Mann Koch geworden, wäre es besser für alle gewesen.

Michel hatte sich nie beschwert, weil ich über Nacht blieb. Er war mir gegenüber immer korrekt und fair, auch wenn wir nicht viel gesprochen hatten. Er war schweigsam, manchmal wunderte ich mich, ob er sich für seinen Job schämte. Aber gewiss nicht, das waren nur meine bürgerlichen Erwartungen, die ihm Scham unterstellten, dort wo ich Scham gespürt hätte. Ich wäre NIEMALS Klofrau geworden! Ganz gewiss nicht! Auch kein Klomann. Dann lieber über Leichen gehen!

Und dieser Gedanke war tief in mir drin. Aber schon wieder schweife ich ab. All das, Grainau, das Hotel, Skilaufen, Papa Pipi, Toms Onkel, sind nur Drehorte, Komparsen und Ausstattung. Selbst Tom schrumpfte zum Statisten, denn es gab nur eine Hauptrolle. Und die wurde von Paula mit oscarreifer Leistung erbeutet.

Paula von und zu Kovovics, so nannte ich sie, war die jüngste von drei Töchtern und die einzige, die noch bei dem Vater lebte, direkt neben den Eisenbahngleisen. Jedes Mal, wenn ein Zug kam, wackelte das ganze Haus. Ich fand das aufregend!

Paula war eher ein burschikoser Typ, mit einer für meinen Geschmack leicht zu breiten Nase, mit struppigen Locken, wie ein Straßenköter … und mit dem besten Mund, den ich je geküsst habe:

er war groß und gierig und mit vollen, warmen Lippen.

Viele im Kaff hänselten sie und nannten sie Paulabumsi. Aber das störte sie nicht weiter, ganz im Gegenteil: sie stand dazu! Oh Mann, was hatten wir einen Spaß! Aber es war ja nicht nur das. Sie war meine media naranja. Die andere Hälfte der Apfelsine.

Wir teilten den gleichen Humor, wir konnten uns zanken, ohne uns weh zu tun, wir haben uns geködert mit allerlei Quatsch und Spielchen. Gemeinsam waren wir mehr als die Summe. Viel mehr! Eine Verschmelzung, die alles besser machte.

Paula hatte nur zwei Fehler. Der Erste: die Zeit mit ihr verging immer viel zu schnell, denn es wurde nie langweilig.

Und der Zweite: sie nahm das mit der Treue nicht so ganz genau. Und hier bin ich empfindlich, oder konservativ ... naja, wir waren beide sehr jung, da darf man vielleicht auch noch nicht so viel erwarten, oder? Ich weiß nicht ...

Darf man überhaupt was erwarten? Wie auch immer: Paula und ich haben es nicht geschafft, unsere geniale Zweisamkeit auf die nächste Ebene zu bringen im SPIEL DES LEBENS.

Ich studierte dann in Göttingen Betriebswirtschaftslehre, genauso wie Dieter Bohlen und dachte mir: was der schafft, schaffe ich auch. Und habe sogar Recht behalten! Außerdem war ich schneller als er, wenn es ums Anhäufen von Reichtümern geht.

Doch zunächst war ich erstmal Student, lebte in einer WG, fand neue Freunde und einen neuen, interessanten Alltag.

Hin und wieder lernte ich Mädchen kennen, meistens auf Uni-Partys, meistens waren es Kommilitoninnen. Wir hatten ja damals alle Freundinnen, auch wenn es nicht immer die große Liebe war, Hauptsache, das Böckchen hatte seinen Auslauf. Das war halt so.

Und den Kontakt zu Paula hatte ich dann verloren. So war das nun.

Und es dauerte nicht mehr lange und ich lernte Jessica kennen und fand bei ihr mein neues Zuhause.

Just dann erreichte die Limousine unser prunkvolles Anwesen. Darf ich eigentlich »unser« sagen? Als Thronfolger schon, oder?

Es war früh am Morgen. Hinter den Hügeln ging die Sonne auf. Nach drei Minuten Fahrt war der große Park durchquert und vor uns baute sich eine Wasserburg auf. Eigentlich war es keine Burg, sondern ein Schloss mit großem Innenhof und von einem breiten Wassergraben geschützt, der durch ein Bächlein ständig frisch gespeist wurde.

Hier wohnt die Familie Ronnersberger seit dem siebzehnten Jahrhundert. Und ich seit drei Jahren.

Als die Limousine vorsichtig über die Zugbrücke schlich, klapperten die Holzplanken unter den Rädern. Und ich dachte sofort an die wackelnden Wände im Haus von Papa Pipi. Und in dem Moment beschlich mich das blöde Gefühl, dass ich von nun an täglich an Papa Pipi und seine hübsche Tochter erinnert werde, und zwar sobald ich wieder über die Zugbrücke muss.

Endlich hatte der Wagen festen Boden unter den Füßen. Ich stieg aus und der Fahrer brachte den Wagen zur Garage, die sich in einem Nebenflügel des Gebäudekomplexes befindet. Alles ist hier so groß. Manchmal zu groß für mich.

Ich schlich leise in unseren Wohnbereich, der im Hauptflügel ist. Zu meiner Überraschung fand ich Jessica in der Küche mit unserem Sohn Gaston. Sie machte dem Kind gerade ein Fläschchen warm, weil sie nichts vom Stillen mit der Brust hält. Etwas, was ich immer schon komisch fand, bekam aber nur Knatsch, wenn ich es angesprochen habe.

Jessica grüßte mich mit einem spitzen Kuss auf den Mund, dann zog sie sich angeekelt weg und gab mir zu verstehen, dass ich eine fürchterliche Fahne habe.

Ich ging in mein Arbeitszimmer. Nur hier hatte ich meine Ruhe. Nur hier war ich alleine. Und hier hatte ich ein großes Sofa. Ich ließ mich flach drauf fallen und schloss meine Augen.

Doch der Schlaf wollte nicht kommen. Ich sah, sobald ich die Augen geschlossen hatte, die blassen, nackten Füße von Siegenot. Ich wälzte mich unruhig umher, und von den blassen Füßen kam ich zu Jessis blassem Gesicht, oder sollte ich gar Wesen sagen?

Und plötzlich sah ich mich wieder in Exeter. Auf der Hochzeit eines englischen Kommilitonen. Er hatte eine Mit-Kommilitonin geschwängert, und da er aus guter Familie kam, wurde sofort die Hochzeit arrangiert, obwohl er sein Studium noch nicht beendet hatte. Aber vielleicht war auch die Eile, um die schwangere Braut mit Zuversicht an sich zu binden. Schließlich kam sie aus einer Familie, die noch viel besser gestellt war, und so eine Verbindung muss man pflegen. Der Vater meines Freundes war sogar so platt und hat mir gestanden, welch Glücksfall diese Schwangerschaft sei.

So war ich zum ersten Mal auf einer Hochzeit der High Society. Um ehrlich zu sein, auf solch eine Gelegenheit hatte ich mein Leben lang immer gewartet. Und dieser Tag wurde dann viel besser als ich es je erwarten konnte!

Auf dem Fest waren noch andere Deutsche. Und dort lernte ich die Familie Ronnersberger kennen. Vater Ronnersberger, Dr. Rudolph Ronnersberger, war mir schon ein Begriff. Oh ja! Er war ein Genie im Investment Banking.
Vorsitzender der IBG (Investment Bank Global). Trendsetter der Finanzwelt und Ehrenprofessor an der Universität Göttingen. Mich hatte der Mann immer schon beeindruckt. So wie er wollte ich sein! (Und kein Papa Pipi!)
Und wie es mein Schicksal wollte, hatte der alte Ronnersberger eine Tochter wie aus dem Bilderbuch. Eine wahrhaftige Prinzessin. Was für ein

zartes, schönes Geschöpf! Jessica. Einzelkind. Da hatten wir direkt was gemeinsam.

Und hier in Exeter hatte ich genau die richtige, elegante Bühne für einen gekonnten Auftritt als Kavalier und Tanzpartner. Ich tanzte mit Gertrude, Jessis Mutter, zweimal, und mit Jessi fast den ganzen Abend. Sie erzählte mir von ihrem Verlobten, der war aber nicht dabei. Und die Hochzeitsparty war unser Fest, rauschend, aber unschuldig. Zum Schluss tauschten wir Adressen aus. Und ich flog zurück in meine Studenten-WG.

Angespornt von diesem Erlebnis beendete ich mein Studium mit Bravur und Promotion, und bewarb mich bei Dr. Rudolph Ronnersberger und wurde prompt genommen. Kontakte sind eben alles.

Und dann passierte es: Jessicas Verlobter verunglückte tödlich beim Helikopter-Skiing in Kanada. Jessica trug zwei Jahre schwarz. Es schien, dass sie aus ihrer Trauer nie mehr rauskommen würde … mittlerweile war ich die rechte Hand von Rudolph geworden. Rudolph arrangierte Feste, gemeinsame Essen und sogar gemeinsame Ferien, und Jessi begann in meiner Gesellschaft wieder aufzublühen. Mit Wohlwollen hat Rudolph gesehen, wie ich sie zum ersten Mal küsste. Und ich war happy – fühlte mich wie der Protagonist in einem Märchen.

Rudolph richtete uns eine standesgemäße Hochzeit aus. Alle Großen waren da. Banker, Minister, Großindustrielle, ein paar Promis und ich mittendrin als der vielversprechende Bräutigam. Ich hatte das sehr genossen!

Ein Jahr später bekamen wir einen Sohn, Gaston. Es war von Anfang an klar, dass unser Sohn Gaston heißen würde. Zumindest meiner Frau und ihren Eltern. Sie wollten ihn nach einem ihrer Vorfahren benennen, nach Gaston, dem Glücklichen. Der war der Einzige einer langen Ahnenreihe, der kein Raubritter war, sondern Komponist wurde. Jessica wollte sich an die schöne Seite ihrer Herkunft erinnert fühlen. Ist doch klar.

Der kleine Gaston wurde von mir Gasti gerufen, und manchmal Gatsby. Und ich sah es kommen: der kleine Gatsby wird eines Tages größer sein, als der große, denn er ist mein Sohn! Ich war so stolz.

Auch Rudolph und Gertrude waren mit ihrem Enkel sehr glücklich. Wir machten viele Fotos fürs Familienalbum und hatten viele gemeinsame Auftritte in der feinen Gesellschaft. Einmal hatte sogar die GALA über uns berichtet.

Ich war der Prinz! Der Thronfolger. Und die Prinzessin war jedermanns Traum. Sie war schön, intelligent, sexy, … aber sie hatte sehr schmale Lippen und sie küsste nicht gerne, wie ich dann mit der Zeit herausfinden musste. Aber dafür hatte ich ja sonst alles andere …

Sogar ein großes Knuddelkissen. Wir kauften es in Bali auf unserer Hochzeitsreise. Und das ist meins, nur meins, es liegt hier bei mir auf dem Sofa. Das ist immer da, wenn ich es brauche. Ich zog das Kissen an mich ran, umarmte es und atmete erleichtert durch.

Vermutlich war ich dann doch noch eingeschlafen. Irgendwann wurde ich nämlich ganz sanft von meinem kleinen Gatsby geweckt. Er krabbelte zu mir auf das Sofa und küsste mich auf meine Nase. Sein sanftes Kichern war das Schönste, was ich je gehört hatte. Vor Dankbarkeit kamen mir die Tränen. Dankbar, diesen Sohn zu haben!

So bin ich wenigstens nicht ganz alleine hier.

Kapitel 3
Der Brief

Der Geburtstag war überlebt und verdaut. Mir geht es immer besser nach meinem Geburtstag als vor meinem Geburtstag. Ich frühstückte mit meinem Sohn. Das waren die einzigen Minuten, die wir zusammen hatten. Denn oft kam ich abends sehr spät zurück und der Kleine schlief schon. Ich schlich dann noch an sein Bett und gab ihm einen Gutenachtkuss. Ganz selten wachte er davon auf. Aber jedes Mal schob sich ein zufriedenes Lächeln auf seine Lippen, sobald ich ihm auf seine kleine Stirn geküsst habe.

Nur ein Gutenachtkuss und nur ein gemeinsames Frühstück, das ist der Preis für den Erfolg. Doch ganz selbstverständlich bei den Ronnersbergern. Da war es immer schon so, dass die Männer für ihre Raubzüge die Burg verlassen mussten, während die Frauen zurückblieben, um sich um die Alten und den Nachwuchs zu kümmern.

Mittlerweile geht es ja den Alten so viel besser als noch vor einem Jahrhundert, und Pferde wurden längst von Autos ersetzt, dass heutzutage bei den

Ronnersbergern sogar der Alte noch selbst mit auf Raubzug ging. Ja, den Raubzug immer noch anführte. Während die Frauen zu Hause blieben, um sich die Fingernägel zu lackieren, denn den Rest machte das Personal. Und zum Glück hatte Gaston seine Großmutter, Oma Gertrude, denn würde es hier nur Jessica geben, dann würde das Personal auch meinen Sohn erziehen müssen.

Das mit dem Raubzug ist nicht meine Erfindung, es ist das psychologische Konstrukt, in dem Rudolph lebt. Sobald er sein fürstliches Bett verlässt und zum Sonnenaufgang auf seinen kleinen Balkon tritt, den riesigen Park überschauend zehn Kniebeugen macht und laut »WELT ICH KOMME!« schreit – und jedes Mal die Vögel verschreckt aufflattern – weiß er, dass er der R 1 ist. Dass er es ist, der mit der Fackel, dem Schwert oder Zepter, die ihm seine Ahnen gereicht haben, stolz voranschreitet und den Weg markiert.

Immerhin gelang es den Ronnersbergern, über Generationen hinweg ein beachtliches Vermögen anzuhäufen. Und über dem Kamin im Speisesaal erinnert uns ein großes Familienwappen an die Ursprünge. Die Ronnersberger waren Raubritter. Sie gehörten keinem Orden an, sie gehörten nie dem Adel an. Das wissen aber nur die, die es verstehen, ein Wappen zu interpretieren. Und das weiß heute kaum noch einer. Und Rudolph wird das natürlich nicht laut aussprechen. Obwohl er es mir, seinem treuen Thronfolger, schon längst gestanden hat.

Im Moment der Schwäche, im Moment des Selbstzweifels, Momente, die jeder kluge Mann kennt, beginnt gerne mein Schwiegervater damit zu fantasieren, dass sein Leben noch schöner und noch leichter wäre, wenn er ein Baron, Graf oder zumindest ein Freiherr gewesen wäre.

Ich erinnere mich noch genau, wie mich eines Abends, als Rudolph und ich alleine vor dem Kamin saßen und teuersten Whisky tranken, er mich mit seiner frappierenden Ehrlichkeit überraschte.
 Sein Wunsch, ein Graf zu sein, hatte etwas Naives. Er wirkte auf mich wie ein kleiner Junge, der Indianerhäuptling sein wollte. Und die Vorstellung, dass meine Frau eine Gräfin sein könnte, hatte mich leicht verstört. Mir war es recht, dass sie keine Gräfin war. Mir reichte es, dass sie eine Prinzessin war. Und damit war ich schon mehr als genug gefordert. Doch hier in einem so großen, schönen Gebäude übersah ich leicht den Stress,

den ich mit ihr von Anfang an hatte. Vielleicht lag es daran, dass man hier so viel Platz hat, sich aus dem Weg zu gehen.

Und so frühstückten wir getrennt. Ich mit meinem Sohn, sie nach der Reitstunde, und erst wenn ich mit ihrem Vater bereits wieder auf Raubzug war.

Manchmal habe ich mir gewünscht, dass der Reitlehrer jünger und attraktiver gewesen wäre. Vielleicht hätte er es geschafft, ihr ein Lächeln ins Gesicht zu zaubern. Denn ich schaffte es nicht. Und je länger ich das nicht schaffte, umso kleiner kam ich mir vor. Ehrlich gesagt, der Reitlehrer hätte mir einen Gefallen getan, wenn er sie mir ausgespannt hätte. Aber dazu kam es nie. Vermutlich hat der Reitlehrer es nie versucht, und wenn er es je versucht hätte, hätte er nicht seinen Job verloren, sondern gleich nach guter alter Ronnersbergerischer Lynchjustiz seinen ganzen Kopf. Ich konnte mir gut vorstellen, wie der gepfählte Kopf des Reitlehrers unter den Akazien ausgestellt wird. Denn die Prinzessin hatte es so gewollt. In solchen Momenten war ich froh, nicht ihr Angestellter zu sein. Und dass ich ihr Mann war, hatte mich auch nicht mehr richtig beruhigen können.

Ganz anders war da ihr Vater. Rudolph war von Geburt an eine Frohnatur. Und ein ewiger Lausbub und Provokateur. Als er jung war, gehörte er zu jenen reichen Kids, die sich alles erlauben konnten, weil sie genau wussten, dass der mächtige Vater sie wieder raushaut.

Mit seiner Ehe wurde er dann ruhiger. Denn kaum hatte Rudolph geheiratet, starb sein Vater. Nun hatte er niemanden mehr, der ihn raushaute. Und Gertrude hatte ihren eigenen Kopf, und sie sah so betörend gut aus, dass ihr spitzes Mündchen von nun an dem Rudi erklärte, was geht und was nicht. Und Rudi passte sich an, zumindest daheim. Und spätestens mit seiner stolzen Vaterschaft lernte er, zumindest unbewusst, die kluge und sanft führende Liebe seiner herrischen Frau zu schätzen.

Trotzdem tobte nach wie vor, zwar weniger, aber immerhin noch stetig, in Rudolph der unausweichliche Drang, in dieser Welt erhört zu werden. Terrain zu erobern. Beute zu machen. Einen dicken Fisch zu fangen.

Auch heute Morgen hatte Rudolph, der Raubritter, allerbeste Laune. Das merkte man direkt am

»WELT ICH KOMME!«-Schrei. Heute Morgen war der kräftiger als in den letzten Tagen. Tarzan war wieder in Spitzenform. Und Gallus, sein ewig treuer Begleiter, bellte dazu aus tiefer Brust.

Gallus, unser schöner, stolzer, leicht dösiger Labrador Retriever, auch er wurde nach einem Vorfahren der Ronnersberger benannt, und zwar nach Gallus, dem Grausamen. Der hinterließ eine von seinen Nachfahren gerne übersehene Blutspur Anfang des 19. Jahrhunderts und hat damit den Familienbesitz enorm angehäuft.

Zu seiner Verteidigung kann man sagen, dass er die Burg ausbauen und die Gräben vertiefen und verbreitern ließ. Und man rühmt sich gerne heute noch damit, dass er sich die Bonapartisten erfolgreich vom Hals und vom Besitz gehalten hat. Dennoch wollten die kommenden Generationen nach solch einem Teufelskerl kein Kind mehr benennen. Aber man wollte ihn auch nicht ganz vergessen, denn viel hatte man ihm zu verdanken. Wäre der nicht so rücksichtslos brutal gewesen, hätte man es heute nicht so bequem.

Und so, man kann es in der Familienchronik nachlesen, tauchte der Name Gallus immer wieder bei den Rüden auf, die den jeweiligen Burgherrn auf der Jagd begleiteten. Das erzählte mir

Rudolph an einem dieser Whisky-Abende am Kamin.

Und nun platzten Rudolph und Gallus in unsere Frühstücksgemütlichkeit, beide begrüßten den kleinen Gasti so stürmisch, dass der direkt anfing, zu weinen. Oma Gertrude rüffelte ihren Mann, wieso er immer so grob ist. Dann gab sie dem Hund ein Leckerli.

Rudolph hörte gar nicht zu, stürzte einen Becher frisch gepressten Saft in sich hinein, wischte sich genüsslich über die Lippen, rülpste – das tat er nur, wenn er zu Hause war – und sagte schelmisch: »Morgenstund hat Gold im Mund. Und unser Mund ist groß und gierig.«

Rudolph lächelte mich wissend an. Dann sagte er zu mir: »Heute schlucken wir einen ganz besonders dicken Happen! Heute sind die Chinesen dran!« Nur ich wusste, wovon er redete.

Dann zogen die Raubritter wieder los und es dauerte nur noch Sekunden, bis mir mein Herz in die Hose rutschte.

Rudolph ließ sich von dem Chauffeur den Wagen bringen, um sich dann selbst hinter das Steuer zu setzen. Das ließ er sich nie nehmen, er wollte den Schimmel selbst reiten, wie er zu sagen pflegte.

Ich nutzte oft diesen Moment des Wartens, ging zu Fuß voraus, überkreuzte die Ziehbrücke, eine kurze Erinnerung an Papa Pipi flackerte diesmal in mir auf, hielt sich aber nicht, denn die Brücke wackelte kaum unter meinem Gewicht.

Unser Briefkasten befand sich auf der anderen Seite der Brücke am Ende des Mäuerchens, das die Einfahrt markiert. Und obwohl die nächste Post fünfzehn Kilometer entfernt liegt, kommt der Zusteller jeden Morgen, meist schon vor acht Uhr. Da wunderte ich mich schon öfters, ob die Ronnersbergers auch ihre Finger im Postwesen haben, um so privilegiert behandelt zu werden.

Ich öffnete den rostigen Metallverschlag und nahm einen Stapel Post raus. Wurfsendungen kommen hier nie an. Zum Glück macht sich keiner diese Mühe. Aber es kommt immer ein guter Stoß Briefe an. Viele davon sind für Gertrude, die ein paar Stiftungen leitet und auch dafür bekannt ist, ein Herz für Bittsteller zu haben.

Ich hörte, wie Rudolph in seinem Schimmel über die Planken der Brücke gehoppelt kam und schaute mir rasch die fünf Briefe an. Mir fiel ein hellbrauner Briefumschlag auf, der an Michel Bunt adressiert war. Ich wunderte mich, wer mir da schrieb. Ich drehte den Brief herum, und auf der Rückseite stand – offenbar – in Frauenhandschrift: P. von und zu K.

Just dann hielt Rudolph neben mir an, öffnete das Seitenfenster und wunderte sich, wieso ich plötzlich so blass geworden bin. Ich reagierte zuerst gar nicht. Stand dort nur und starrte auf den Brief.

P. von und zu K. Ist sie es wirklich? Zu gerne hätte ich den Brief sofort geöffnet, aber Rudolph wurde langsam ungeduldig. Ich stieg zum ihm ins Auto und er fuhr los. Er deutete auf den Stapel Briefe in meiner Hand und wollte wissen, ob etwas Interessantes dabei war. Ich log, dass mir ein alter Schulfreund geschrieben habe und schob beiläufig den Brief in meine Westentasche. Die anderen Briefe waren für Gertrude und konnten bis zum Abend warten.

Die ganze Fahrt bis ins Büro brannte der Brief an meiner Brust. Ich konnte an nichts anderes denken. Ausgerechnet heute, wo wir Besuch von den Chinesen bekamen. War es wirklich sie? Oder was sonst kann »P. von und zu K.« bedeuten? Und was mache ich, wenn sie es wirklich war?

Wie lange überhaupt habe ich von ihr nichts mehr gehört? Hatte sie meine Briefe nicht mehr beantwortet, oder ich ihre? Wie war das noch? Als ich damals Grainau verlassen hatte, brachte sie mich nicht zum Bahnhof.

Ich weiß noch ganz genau wie ich am Bahnhof stand und auf sie gewartet hatte. Aber sie kam nicht. Wieso, weiß ich heute nicht mehr, entweder sie musste arbeiten, oder sie war – wie meine Angst mir wohlwollend zuflüsterte – bei einem Anderen. Das musste ich zumindest damals gedacht haben. Denn die Tatsache, dass sie nicht zu meinem Abschied kam, störte daraufhin empfindlich unsere Kommunikation.

Zum Glück war Tom dabei, wir reisten gemeinsam ab. Und er machte es mir leichter, dass sie nicht gekommen war. Ich weiß noch, wie er seinen Arm um mich legte und mir unsere Hymne sang: »ein Freund, ein guter Freund, ist der größte Schatz, den es gibt auf der Welt«.

Die ganze Rückfahrt im Zug wäre bitter und todtraurig gewesen, hätte nicht Tom alles getan, um mich aufzumuntern.

Im kommenden Sommer ist es zehn Jahre her, dass wir uns nicht mehr gesprochen haben. Zehn Jahre Sendepause!

Was will sie nun von mir? Ist sie in Not? Braucht sie Hilfe? Meine Fantasie galoppierte davon. Ich musste unbedingt so bald wie möglich einen Moment für mich ganz alleine finden, um diesen Brief zu öffnen. Und an nichts anderes konnte ich mehr denken. Dass auf der ganzen Fahrt Rudolph von unseren Zielvorgaben mit den Chinesen monologisierte, habe ich gar nicht mitbekommen.

Dann kamen wir noch zu allem Überfluss in einen Stau. Eine ganze Stunde standen wir still. Nichts bewegte sich. Ich hatte noch nie eine so lange und quälende Stunde durchlebt. Hier im Auto konnte ich auch nicht den Brief lesen, ohne ein paar Fragen dazu zu ernten. Ich beschloss, zu warten.

Als wir dann endlich in der Zentrale der IBG ankamen, gab Rudolph mir nicht einmal Zeit, um auf die Toilette zu gehen. Nein, zuerst mussten wir Herrn Ming und sein Team begrüßen.

Rudolph entschuldigte sich für die Verspätung, aber Herr Ming war in Eile. Er mochte Verspätungen überhaupt nicht und drängte zu einem sofortigen Sitzungsbeginn.

Hier saß ich in der Sitzung, hörte, wie Rudolph schmeichelnde Worte an seine Gäste richtete, um dann das Geschäft einzuleiten. Rudolph ist ein begnadeter Redner. Er begann zu erzählen, wie er dieser Begegnung mit großer Freude entgegengeblickt habe. Schließlich sei es ja in diesen harten Zeiten immer schwieriger, jemanden zu treffen, der den Mut habe, zu seiner Profitgier zu stehen!

Nach dem Gelächter setzte er gekonnt hinzu, dass der Wunsch nach Profit älter als die Kirche sei. Worauf Herr Ming mit starkem Akzent hinzufügte, dass jener Wunsch die Kirche erst lebendig gemacht habe. Es folgte allgemeines Gelächter. Und Rudolph nahm das zum Anlass, uns zu erklären, dass der Wunsch nach Profit der Motor unserer Gesellschaft ist. Aber dass man sich dafür heutzutage von Linksintellektuellen oder ewiggestrigen Romantikern beschimpfen lassen muss. »Aber nicht hier! An diesem Tisch sind wir unter uns! Hier brauchen Sie sich nicht zu unterdrücken ...«

Jedes Mal war ich beeindruckt, wie schnell Rudolph seine Geschäftspartner – egal aus welcher Kultur stammend – um seinen Finger wickeln konnte. Der vorhin noch so ungeduldige Mr. Ming klebte nun an seinen Lippen. Und in solchen Momenten fühlte sich Rudolph dann doch noch wie ein Graf. Rudolph wusste seine Karten zu spielen und er holte weit aus, um die Beute zu umkreisen, zu definieren, zu benennen. Um den Braten schmackhaft zu machen. Wären wir hier nur Straßenhändler, dann könnte man von Anpreisen, Huldigen und Feilschen reden. Rudolph ist ein Ass, ich wusste, dass er die nächste halbe Stunde mit seinem Monolog beschäftigt sein wird.

Unter dem Tisch spielten meine Finger an dem Brief. Schon wieder klebten meine Augen an dem Absender: P. von und zu K.

Das konnte nur »Paula von und zu Kovovics« bedeuten. Ganz klar, wer sonst? Jetzt oder nie. Ich machte den Brief auf. Niemand hat es gehört. Und wie gut, dass niemand merkte, wie ich zitterte, oder zitterte ich nur innerlich?

Während Rudolph den Chinesen den Sinn unseres Business erklärte, saugte ich mit wenigen Worten den versäumten Sinn meines Lebens auf. Ich begann zu lesen und dort stand:

»Mein lieber Michel! Fast zehn Jahre sind es her! Bitte verzeih, dass ich hier einfach so in Dein Leben platze. Ich hoffe, es geht Dir gut. Und das tut es ja, so wie ich es in den Medien mitbekomme.

Aber bist Du auch glücklich? Ich fühl mich dumm, dass ich diesen Brief schreibe. Ich weiß auch nicht so recht, wieso ich das auf einmal tue.

Vermutlich, weil ich immer noch zu oft an Dich denken muss. Nur damit du es weißt: es hat in all den Jahren nicht einen Mann gegeben, der mich so geliebt und berührt hat wie Du. Nicht einen!

Mein Wunsch, Dich noch einmal zu sehen, ist über all die Jahre nur größer geworden. Nachträglich zu Deinem runden Geburtstag schenke ich Dir ein Wochenende in dem Hotel, in dem Du damals schaffen musstest. Ich habe auf deinen Namen die Jäger-Suite vom kommenden Freitag bis Montag gebucht. Vermutlich wirst Du eher als ich eintreffen. Ich weiß, ich bin unverschämt, aber ich muss Dich sehen. Bitte komm! Ich warte auf Dich! In ewiger Liebe, Deine Paula«.

Am Poststempel erkannte ich dann, dass der Brief lange unterwegs und der besagte Freitag heute war! Panik! Meine Nerven spielten verrückt. Mein Körper reagierte schneller als mein Verstand. Ich sprang auf und verließ eiligst die Sitzung. Es war mir egal, dass man mir hinterherglotzte. Bloß weg von hier, bloß alleine sein.

Unter dem kalten Wasserstrahl kam ich wieder zu Sinnen, nur um meinen erbosten Schwiegervater zu sehen, er kam mir in den Toilettenraum gefolgt und schnaubte wütend, was denn mit mir los sei.

Mir war auf einmal alles egal. Auch mein Verhältnis zu diesem Mann, der mich immer wie seinen Sohn behandelt hat. Ich werde ihn jetzt nicht belügen und ihm was von »plötzlich krank geworden« erzählen.

Ich werde ihm auch nicht unter die Nase reiben, wie sehr mich seine Tochter mit ihrer gefühllosen Gleichgültigkeit in den Wahn treibt. Oder wie der tägliche Tropfen selbst den dicksten Granit höhlt. Nein, das werde ich ihm jetzt nicht sagen.

Manchmal dachte ich, er weiß, wie miserabel unsere Ehe ist. Auch wenn wir nie darüber geredet haben. Manchmal dachte ich, er weiß es nicht. Vielleicht wäre es nötig, dass wir endlich mal sprechen. Aber nicht jetzt! Draußen warteten die Chinesen. Und die waren besorgt um ihr Kapital und gewiss auch um ihre Gesundheit. Sonst hätten sie nicht so rasch den Mundschutz aufgesetzt, wie uns später aufgefallen ist. Es beunruhigte sie, dass ich so schnell zur Toilette rannte.

Das kalte Wasser lief immer noch. Wir standen uns schweigend gegenüber. In Rudolphs Augen schimmerte eine gewisse Empathie für mich und meine Situation. Vielleicht hatte er ja mehr

Durchblick, als ich es ihm zugetraut habe. Und das ermutigte mich zu sagen: »Rudi, ich muss weg! Ich muss mal ein paar Tage raus hier! Und zwar sofort. Ich habe das Gefühl, ich drehe sonst durch!«

Rudolph nickte nachdenklich.

Kapitel 4
Flucht in die Vergangenheit

Der latente Wunsch zu fliehen war schon lange vorhanden. Aber nun nach Paulas Brief wurde aus diesem Wunsch ein Pfeil, und mein Bogen war ja längst gespannt, wenn nicht überspannt, dass es jetzt nur zwei Möglichkeiten gab:

Der Bogen zerbricht. Oder man lässt den Pfeil los und lässt einfach zu, dass er blitzschnell auf sein Ziel losrast, um dort einzudringen. Um sein Ziel zu penetrieren.

Das sind alles nur schwache Metaphern für all das, was in mir abging. Jetzt mitten in einer fetten, leider schon chronischen Ehekrise hörte ich ausgerechnet von IHR, von ausgerechnet der, an die ich immer zuerst denken musste, wenn ich melancholisch war und besseren Zeiten nachtrauerte.

Die Rede ist von der Frau, bei der ich Mann sein durfte. Jetzt tauchte sie wieder auf.
 Mir war klar, was zu tun war. Ich werde den Pfeil jetzt sofort loslassen, und dann einfach zu-

lassen, was passieren soll. Mein Schuss war so unmittelbar und sofort, dass ich Rudolph auf der Toilette einfach stehen ließ und im Reflex das IBG Gebäude fluchtartig und wie ferngesteuert verlassen habe.

Ich war nicht einmal mehr in meinem Büro, habe nur mit meiner – übrigens neuen – Sekretärin Gaby Neublatt kurz telefoniert. Sie soll mir den nächsten Flug nach München buchen, und einen Leihwagen wie immer.

Ich war auch nicht mehr zu Hause in unserer Wasserburg. Über die Zugbrücke würde ich mich erst wieder trauen, sobald ich Klarheit finden sollte. Und Klarheit bahnte sich an, das spürte ich mit jedem Schritt, den ich machte. Ich fühlte mich wie ein Tiger, endlich wieder wie ein Mann.

Mein Sohn ist zu klein, der wird nicht merken, wenn Papa ein paar Tage ausbleibt. Und die Anderen kann ich mir ersparen. Was sollte ich jetzt Jessica sagen? Sollte ich ihr sagen, dass ich nun meine Ex-Freundin treffe? Natürlich nicht. Und ich kann mir auch den skeptischen Blick von Gertrude ersparen und erst recht den neugierig musenden Reitlehrer, den ich vielleicht jetzt noch antreffen würde. Genau das wollte ich jetzt alles nicht sehen.

Ich fieberte dem Flug entgegen und kaufte mir am Flughafen die wenigen nötigen Utensilien, die ich für meinen spontanen Ausflug brauchte. Eine Reisetasche, einen Rasierapparat, Rasierwasser, zwei neue Hosen, zwei weiße Hemden, eine Windjacke, Unterwäsche, Socken, und weil es mir so viel Spaß machte, mich neu einzukleiden, gönnte ich mir noch die OMEGA Seamaster. Die wollte ich immer schon haben, seitdem ich SKYFALL gesehen habe.

Wieviel Spaß kann man an einem Flughafen haben, wenn man Geld hat. Ich schaute mir auch diverse Perlenketten und Ohrringe an. Ich ließ mir sogar eine ROLEX Damenuhr zeigen. Ich hatte den Wunsch, ihr ein Geschenk mitzubringen, doch dachte mir dann, dass nach zehn Jahren Schweigen eine Tafel Schokolade angebrachter wäre. Nicht doch! Das war nur ein Witz. Weder ROLEX noch RITTER SPORT. Was kann ich ihr mitbringen?

Ich durchstöberte nervös die Terminal-Boutiquen. Mir blieben gerade mal zehn Minuten bis zum Boarding. Ein Buch? Nein, ein Parfüm! Ich rannte in die Parfüm-Boutique und erinnerte mich schlagartig, wie sie Parfüm verabscheute. Sie hatte nie welches benutzt. Sie spottete über die Männer, die ihren Frauen nur Parfüm schenkten, aber nicht wussten, es ihr richtig zu besorgen. Genauso sagte sie es. Besorgen. Es ihr richtig besorgen. Das war das einzige Geschenk, was sie akzeptierte. So war das zumindest damals. Und heute?

Mein Name wurde aufgerufen, ich möge sofort zum Boarding kommen. Und just da wusste ich, was ich zu kaufen hatte. Jedes Mal, wenn ich sie besuchte, für einen schönen Abend zu zweit, brachte ich eine Tüte Tortilla-Chips und eine Flasche Sekt mit. Rasch rannte ich zu dem Spirituosen-Händler, kaufte den teuersten Champagner und musste nochmal den Laden wechseln, um die Chips zu finden. Ausgerechnet die Marke, die ich wollte, gab es nicht. Aber wenn man so genau ist, der billige Sekt, den wir damals tranken, hatte auch nichts mit dem Champagner von heute zu tun. Mein Name wurde schon wieder aufgerufen, ich griff in aller Hast nach eine Tüte Kartoffelchips, zahlte, rannte zum Gate, wo man mich ungeduldig erwartete, und machte mir die ganze Zeit nur Sorgen, ob Kartoffelchips die richtige Wahl waren.

Im Flieger war ich kurz eingeschlafen und hatte einen krassen Traum: das Flugzeug landete im Vorgarten von Gaby Neublatt, meiner neuen Sekretärin, ich fragte nach meinem Mietwagen, Gaby präsentierte mir zu meiner Überraschung einen kleinen Spielzeug-Go-Kart. Ich beschwerte mich. Nun standen wir beide in meinem Büro, wie damals, als ich sie zum ersten Mal sah. »Neublatt, wie das neue Blatt.« So stellte sie sich vor. Was für eine sympathische Frau, dachte ich mir. Jetzt im Traum wiederholte sich die Situation. Doch diesmal riss Gaby mir die Tüte Chips aus meiner Hand, schmiss die auf den Boden und fauchte mich an: »Lass die Toten ruhen!« Just dann setzte der Flieger hart auf und der Traum war weg.

Ich dachte nur daran, dass ich heute Abend in Grainau bei Paula sein werde. Und nur das zählte. Und sofort übermannte mich wieder eine fürchterliche Ungeduld. Es dauerte eine Ewigkeit, bis der Flieger seine Position erreichte und wir endlich aussteigen konnten.

Ich eilte direkt zum Autoverleiher, unterschrieb die Papiere, ohne hinzuschauen, bekam die Schlüssel, und da hätte ich stutzig werden müssen, aber wurde ich nicht. Denn ich dachte nur an Paula.

Im Parkhaus brauchte ich einen Moment länger, bis ich meinen Leihwagen gefunden hatte. Meine Augen suchten einen Mercedes, aber den gab es nicht. Auf dem Platz, der mir zugeteilt war, stand ein kleiner, peinlich-pinker Honda. Und dann merkte ich, dass der Schlüssel zu dem Honda passte.

Gaby Neublatt! Das kann nur sie gewesen sein! Im Reflex wollte ich sie anrufen. Tat es aber doch nicht. Ich steckte mein Handy wieder ein. Dann wollte ich zurück zu dem Autoverleiher, den Wagen umtauschen. Doch es schien mir am Ende zu umständlich, zu weit, zu nebensächlich. Denn Paula würde mich nie nach einem Wagen beurteilen. Vielleicht fände sie den Wagen sogar niedlich. Also wieso nicht?

Der Wagen fuhr sich besser, als ich dachte, und vor mir lagen zwei Stunden Fahrt. Gerne fahre ich durch Bayern. Eigentlich war ich froh, dass ich noch eine Weile fahren musste bzw. konnte, so blieb mir Zeit, meine Seele zu sortieren, denn meine Abreise geschah doch sehr übereilt, und jetzt hier in der schönen bayrischen Frühlingslandschaft, zwischen den blühenden Obstbäumen, genoss ich die weiten Kurven der einsamsten Straßen, die ich in der Lage war, zu finden, und schlich mich so langsam, aber stetig an mein Ziel. Und ich genoss jeden Kilometer.

Bei einem Gasthof hielt ich an, aß ein Gulasch und trank einen großen Humpen Bier. Just dann klingelte mein Telefon. Es war Tom. Ich nahm das Gespräch an und schon hörte ich ihn »Hallo Himpelpimpel!« sagen.

Ich hasse es, wenn er mich Himpelpimpel nennt.

Ich schnodderte ihn an: »Wie oft soll ich dir noch sagen, dass du mich nicht so nennen sollst!?«

Tom antwortete unbeirrt, dass er mich so lange Himpelpimpel nennen wird, so lange ich einer bin.

Freunde! So einer will mein Freund sein? Ist er leider. Dann fragte er neugierig, wo ich gerade stecke.

Ich atmete tief durch und es war mir klar, dass ich meinen besten Freund nicht belügen kann, bzw. es war genau andersrum, mir tat es gut, endlich mich jemandem anvertrauen zu können. Ich sagte ihm, dass ich auf dem Weg nach Grainau war.

Tom war begeistert. »Was hast du für ein Glück! Bist du geschäftlich in der Nähe?«

»Rat mal, wer mir geschrieben hat?«

»Wer?«

»Rat mal!«
»Wenn du mich so fragst, dann sag ich: Paula.«
»Bingo!«
»Sag, dass das nicht wahr ist!«
»Halt bloß deine Klappe!«
»Das bin ich doch gewohnt, als deine seelische Sondermülldeponie.«

Tom dachte einen Moment nach, offenbar suchte er in seinen Erinnerungen, dann sagte er: »Mit der warst du richtig glücklich!«

»Ja«, sagte ich nachdenklich und nahm einen Schluck Bier, »bei der konnte ich sein, wie ich bin. Und sie war nie zimperlich.«

»Ich weiß. Und ich hatte es dir schon damals gesagt: Das ist deine Frau! Verlier sie nicht aus den Augen! Aber du fühltest dich ja zu Höherem berufen.«

»Mittlerweile erkenne ich, wie wertvoll die Zeit mit ihr gewesen war. Aber das sag mal einem jungen Bock! Der dachte, es ist überall so gut!«

»Und der das goldene Kalb gesucht hat und den goldenen Käfig gefun…«

»Schweig! Ich weiß. Die Dinge ändern sich. Auch bei mir. Hier finde ich vielleicht einen Neuanfang. Mal sehen.«

Uff, was redete ich da für ein Zeugs. Neuanfang! Klar, in mir drin schrie alles nach Neuanfang. Und der ist tatsächlich gekommen, wie ich heute weiß, aber ganz anders als ich da noch dachte, während ich mit Tom telefonierte.

Tom wünschte mir gutes Gelingen und ich solle ihr liebe Grüße bestellen und dann wechselte er schlagartig das Thema und fragte mich, ob ich mir seine Unterlagen angesehen habe.

Jetzt fiel es mir wieder ein. Schon seit Monaten nervte er mich mit solch esoterischen Erfindungen, die angeblich freie Energie erzeugen können. So ein Quatsch! Tom hat als Kind zu viel STAR TREK gesehen. Und jetzt hat er da irgendeinen dahergelaufenen Erfinderfreund an der Hand, der da was erfunden hat, und die warten wirklich darauf, dass wir die Erfindung finanzieren.

Erstens macht man mit Freunden keine Geschäfte und erst recht keine Quatschgeschäfte. Am Ende leidet da nur die Freundschaft drunter, und für so Hokuspokus-Wissenschaften opfere ich keine Freunde. Ich hatte jetzt auch nicht die richtige Stimmung, ihm zu erklären, dass er von der Wissenschaft keine Ahnung hat. Es machte mich wütend, wenn er mit diesem Quatsch anfing. Klar, so ein Hungerleider wie er klammert sich an jeden Strohhalm, und sei er noch so absurd.

Ich nahm noch einen Schluck Bier und fauchte ihn an: »Lass mich jetzt bitte mit deinem Quatsch in Ruhe!«

»Quatsch?«

Ich hatte keinen Bock, ihm das zu erklären und kürzte ab: »Dann ist es halt kein Quatsch. Aber jetzt lass mich damit in Ruhe!« Ich hatte nicht einmal »bitte« gesagt.

»Du armer Kerl! Du bist ganz schön geladen!«

»Ich weiß.«

Tom munterte mich auf: »Hey, macht euch ein schönes Wochenende und die Welt sieht dann wieder rosiger aus.«

»Danke für dein Verständnis. Und für deine Weisheit.«

»Wieso danke? Du bist doch mein Himpelpimpel. Also halt mich auf dem Laufenden. Und viel Glück. Und wenn es dazu kommt, steck 'nen Gruß von mir mit rein.«

»Du bist ein Schwein.«

»Darum sind wir ja Freunde.«

»Pillemann! – Also bis dann.«

Ich legte auf. Atmete tief durch, trank einen Schluck Bier und aß den Rest – mittlerweile kalten – Gulasch.

Zufrieden verließ ich den Gasthof und reckte mich. Die Sonne war bereits auf Sinkflug, die

Vögel zwitscherten, alles roch nach Blüte und ich hatte zum ersten Mal seit langem das Gefühl, zur richtigen Zeit am richtigen Ort zu sein.

Ich fuhr über eine sehr einsame und romantische Straße, es waren keine drei Minuten verstrichen und schon wieder summte mein Telefon. Es war Jessica! Muss das sein? Ich ließ sie klingeln. Fuhr einfach weiter, aber da das Klingeln nicht aufhörte, hielt ich genervt den Wagen am Straßenrand an.

Ich atmete erstmal tief durch, räusperte meinen Hals, und nahm dann das Gespräch an. Überfreundlich bellte ich ihr »Hallo Jessi!« zu.

»Wo steckst du?«

Was sollte ich ihr sagen? Was ich ihr sagen sollte, wenn sie anruft, daran hatte ich gar nicht gedacht! Und sofort war mir klar: nichts werde ich ihr sagen, was unsere Situation noch verschlimmern könnte. Also log ich im Reflex:

»Liebling, sorry! Ich musste noch ganz schnell zu einem Termin. Nach Süddeutschland. Kam ganz kurzfristig rein.«

»Mein Vater sagt, du hast dir Urlaub genommen.«

Oh Shit! Wie komme ich da wieder raus? Noch während ich eine passende Antwort suchte, fauchte sie mich an: »Was ist los mit dir?«

Jetzt erstmal nachdenken. Erstmal Zeit gewinnen. Wenn es sein muss, bin ich ein guter Schauspieler. Ich sprach völlig verdutzt ins Telefon: »Hallo! Hallo? Jessi? Bist du noch da? Ich kann dich nicht hören! Jessi … hallo! Hörst du mich? Hier ist schlechte Verbindung, ich ruf dich an, sobald ich kann.«

Dann legte ich auf. Verdammt, was kann ich für ein Trottel sein! Ich atmete erstmal durch, schlug auf das Lenkrad, fluchte und verließ schließlich den Kleinwagen. Ich befand mich in einem kleinen Tal, ich hörte ein Bächlein, ich sah zwei Schmetterlinge und dann klingelte mein Handy schon wieder. Jessica lief heiß. Jetzt endlich. Aber leider läuft sie nur heiß, wenn es ums Streiten geht. Gut, da muss ich jetzt durch. Ich hob ab:

»Jessi, hi! Besser jetzt? Verstehst du mich nun?«
»Was um Himmels Willen ist los mit dir?!«, donnerte sie mir entgegen.
»Was macht Gasti?«
»Dem geht es gut! Jetzt lenk nicht ab!«

Ich erzählte ihr dann von meinem Burn-out, den ich schon seit Wochen spürte, und dass ich nun in Bayern ganz spontan an einem Besinnungswochenende teilnehmen werde.

Jessica wollte mir das nicht glauben. Ich ging in die Offensive und habe behauptet, dass ihr Vater mir das schon öfters nahegelegt habe, nun endlich mal ein Besinnungswochenende zu machen.

Was Jessi nicht wusste, dass ihr Vater und ich mit diesem Wort noch eine andere Assoziation hatten. In unserer Position sieht man viel. Wo große Summen fließen, ist das Klappern des Egos umso lauter. Kein Geschäftsabschluss ohne Bordellbesuch, keine Vertragsunterzeichnung ohne Besinnungswochenende oder Jagdausflug. Und ich habe gehört, je weiter man nach oben kommt, umso exklusiver und perverser wird alles.

Ich weiche gerne aus, wenn Jessica in der Handlung auftaucht, würde ich am liebsten woanders hinzappen. Doch nun fragte sie mich ungläubig noch einmal: »Du machst jetzt ein Besinnungswochenende?«

»Ja genau. Ein Besinnungswochenende. So zum Besinnen.«

»Ja, wenn das so ist, dann freut mich das enorm. Ich hoffe es tut dir gut. Vielleicht wirst du ja jetzt endlich erkennen, dass dein animalisches, triebhaftes Verhalten fehl am Platz ist!«

So hatte sie es gesagt. Was für ein Schock! Nichts hatte sie verstanden! Den Moment, wo ich vor ihr auf die Knie gehe, nutzt sie direkt aus, um mich zu köpfen. Wie hätte ich darauf antworten sollen? Ich schluckte entsetzt meine Tränen runter, sagte nach einem Zögern: »Grüß mir meinen Sohn. Ich meld mich!« Und sofort legte ich auf.

Ich konnte es nicht fassen, was ich da gerade gehört hatte!

Laut wiederholte ich, was sie mir gerade sagte. Hier alleine in der Natur musste ich mich nicht dämpfen:

»Vielleicht wirst du ja jetzt endlich erkennen, dass dein animalisches, triebhaftes Verhalten fehl am Platz ist. Ja mein animalisches, triebhaftes Verhalten ist fehl am Platz! Hört! Hört!«

Dann fing ich an zu brüllen: »So eine Scheiße!!! Nichts werde ich lernen! Ich werde mich nur erinnern, wer ich bin! Ich bin ein Mann, der eine Frau braucht! Eine Frau, die mich begehrt! Eine Frau, die mich liebt!«

Und dann überkam mich die nackte Verzweiflung. Wie ein Wahnsinniger trat und schlug ich auf den Wagen ein. Hier draußen in freier Natur flippte ich zum ersten Mal völlig aus. Vielleicht lag es an der Farbe Rosa. Weil Rosa mich an das erinnerte, was ich schon lange nicht mehr hatte. Vielleicht lag es an dem, was Jessi mir sagte. Vielleicht lag es an allem zusammen.

Zum allerersten Mal in meinem ganzen Leben habe ich vergessen, dass ich ein Mensch bin und tobte wie ein feixender Affe. Wie gut, dass ich einen knüppeldicken Ast noch gefunden hatte. So machte es mir noch mehr Spaß, außerdem taten meine Fäuste von dem ganzen Trommeln schon weh. Aber nun mit dem Ast gelang es mir sogar, die Fensterscheiben einzuschlagen. Ich habe nur die Windschutzscheibe intakt gelassen, schließlich wollte ich noch bis zu meinem Ziel fahren.

Der Versicherung werde ich irgendwas erzählen, … genau, gestern war doch ein Fußballspiel, und heute bin ich in eine Horde besoffener Fans geraten. Mir mit meiner feinen Biographie würde man alles glauben.

Mit Geld ließ sich all das wieder gutmachen. All das war bezahlbar. Aber unbezahlbar war die innerliche Ruhe, die mich nun nach getaner Zerstörung überkam. Wenn man nach dem Ausrasten wieder einrastet, wenn der angerichtete Schaden keine üblen Konsequenzen hervorruft, sondern nur mit Geld zu beheben ist, dann ist der Frieden, der dadurch einsetzt, unbezahlbar.

Das, was mich eingemauert hielt, hatte ich nun zertrümmert. Ich brauchte noch nie diese ganzen

Gurus, die mit Psycho-Drama, Urschrei- und Regressions-Therapie den Leuten das Geld aus der Tasche ziehen. So ein Quatsch alles! Am besten man fährt raus in die Natur, am besten mit einem Leihwagen und prügelt den kurz und klein.

Jetzt fühlte ich mich frei und hatte nun die nötige Mitte gefunden. Wie ein Gorilla trommelte ich mir auf die Brust, stieß einen langen Kampfschrei aus, »PAULA ICH KOMME!«, stieg in den zerbeulten Rest des pinken Flitzers und hoppelte davon, Richtung Paradies.

Besinnlicher hätte mein Abenteuer nicht beginnen können.

Kapitel 5
Zurück in Grainau

Und da war ich wieder! Zum ersten Mal seitdem ich hier weg bin. Hinter dem Ortsschild hielt ich nochmal kurz an, ein paar Radfahrer lachten über mein zerbeultes Auto. Ich hatte meinen »Gefühlsausbruch« schon wieder vergessen, denn nun wurde ich von einem Tsunami der Erinnerungen erfasst. Da war die Laterne! Die hatte damals einen Wackelkontakt, und das nutze ich für unseren ersten Kuss. Immer wenn es dunkel wurde, näherte ich mich ihr für einen Kuss. Kam das Licht, zog ich mich jedes Mal verstohlen zurück. Das wiederholte sich so lange, bis sie meinen Kopf an den ihren ran zog und mir einen Kuss auf den Mund drückte. Das war der Erste von ganz vielen. Der war noch sanft und unschuldig.

Direkt hinter dieser Laterne folgt man einer kleinen Anhöhe, zu Fuß zehn Minuten, oder jetzt im Auto nur eine, und schon war ich am legendären Lerchenhof. Damals die Dorfdisko ... und wohl heute nicht mehr, dachte ich mir, als ich den schicken Anbau erkannte. Der Lerchenhof ist um einen Seitenflügel und einen Spa-Bereich erweitert mittlerweile auch ein teures Haus geworden. Klar, was in dieser Welt noch schön ist, wird sofort teuer.

Vor zehn Jahren gab es hier jeden Freitag Dorfdisko, dafür wurden dann extra die Tische aus dem großen Speiseraum entfernt. Sie wurden an einer Raumseite gestapelt, und dort legten wir die Jacken hin oder stellten das Bier ab. Tagsüber war der Lerchenhof bekannt für seine Weißwürschte und das frische Edelstoff Bier. Na gut, ein Jever und eine Curry-Wurst sind mir lieber, aber das Beste am Lerchenhof waren die Stunden, die ich hier mit Paula abtanzte.

Im Eingang zum Lerchenhof hatten wir uns kennengelernt, am Zigarettenautomat. Es war spät, ich war mit Tom bereits zwei Stunden am Abrocken, wir hatten ein paar Biere getrunken, gegen Mitternacht wollte ich mal raus, frische Luft schnappen und dort fand ich ein Mädchen, das auf den Zigarettenautomaten eindrosch. Das war Paula. Das Erste, was ich von ihr sah, war, wie sie mit ihren Fäusten auf den Zigarettenautomaten prügelte.

Das war noch einer von den alten, mechanischen Automaten, bei denen man die Schublade mit der

Hand aufreißen musste. Und ihre klemmte, und zwar ganz gewaltig. Ich kam ihr zu Hilfe und – ratsch! – war sie auf, und Paula auch. Sie schaute mich beeindruckt an und mir fiel direkt ihr leichter Silberblick auf. Nein, das war kein Schielen, das war eher ein genussvolles Mich-ins-Auge nehmen. Nach ihren Augen fiel mir ihr großer Mund auf, ihre vollen Lippen. Bevor ich was sagen konnte, stupste sie mir in den Bauch und sagte: »Einen Kuss kriegst du jetzt nicht für deine Hilfe. Aber eine Zigarette biete ich dir gerne an.«

Ja, so in der Art war es, wir kamen direkt ins Gespräch, alles war ganz natürlich, so als hätten wir beide nur darauf gewartet, uns jetzt kennen zu lernen. Das war die Begegnung, mit der man nicht gerechnet hat, die aber dann alles – zumindest damals für mich – verändert hatte. Wir mussten eine halbe Ewigkeit da draußen gestanden haben, irgendwann tauchte Tom auf, er war müde, er wollte abhauen, und diesmal konnte er alleine zurück durch die dunkle Nacht zum Eibseehotel wandern.

Ich blieb noch bei Paula und kam zum ersten Mal zu spät zur Arbeit. Ich weiß noch ganz genau, wie ich schlaflos und mit einer chronischen Erektion von einem Vorgesetzten aufs Übelste zusammengeschissen wurde. So endete eine wilde Nacht heftigen Knutschens. Ja, nur Knutschen. Mehr nicht, ich fand sie viel zu gut, um zu schnell zu sein. So ein Glück muss man genießen, Schritt für Schritt. Und am nächsten Tag ging es ja dann weiter ...

Ich saß in der pinken Beule, schaute auf den Lerchenhof und brauchte weitere zwanzig Minuten, bis ich mit meiner innerlichen Zeitreise fertig war. Ich zündete den Motor und fuhr die letzten drei Kilometer hinüber zum wunderschönen Eibsee, dort, wo ich meine Lehre machte.

Majestätisch liegt das Hotel direkt am Ufer. Auch jetzt noch beeindruckt mich der Bau. Der Parkplatz war fast voll. Klar, das war das erste Frühlingswochenende.

Ich schnappte mir meine neu gekaufte Tasche mit all den schönen neuen Dingen, mit der Champagnerflasche und der Chips-Tüte und betrat das Hotel. Ich fragte mich, ob ich noch auf alte Kollegen stoßen würde. Leider nicht, zu gerne hätte ich den einen oder die andere mal wiedergesehen. Aber dann dachte ich, vielleicht besser so, wenn mich hier keiner kennt. Wer weiß, wie das Wochenende verläuft. Zeugen brauche ich keine.

Die Jäger-Suite war in meinem Namen gebucht. Als sich das bestätigte, zuckte es kurz zwischen meinen Beinen. Die Magie der Gedanken!

Als dann der Rezeptionist meine Daten aufnahm und meinen Namen las, sagte er: »Einen Moment bitte, Herr Bunt! Da ist noch was ...« Dann sagte er noch dreimal »Bunt« und schaute dabei in einem großen Notizbuch nach. »Genau! Für heute Abend um acht Uhr ist im Jägerstübchen, das ist unser Restaurant, ein Tisch reserviert, Sie werden erwartet! Das sollte ich Ihnen ausrichten!«

Der Rezeptionist wünschte mir einen angenehmen Aufenthalt und ich zappelte in meine Jäger-Suite. Es war Zimmer 69. Ist das ein Zufall? Eine Vorhersehung? Jetzt komm mal runter. Mir blieben noch anderthalb Stunden, am besten ein beruhigendes Bad nehmen, ankommen, runterkommen, runterholen, wenn es sein muss, Hauptsache ruhig werden.

Und ich nutze auch die Zeit, um Tom anzurufen. Ich brauchte wieder meine seelische Sondermülldeponie.
 Ich lag im Schaumbad wie eine Diva und schwallerte Tom einfach nur zu. Er ist es gewohnt. Und

in solchen Momenten bin ich so dankbar, dass er so gut zuhören kann. Vielleicht ist er deswegen mein bester Freund, er ist der Einzige, der mir zuhört. Er ist der Einzige, bei dem ich mich traue, alles zu erzählen.

Ich erzählte von meinem Ausraster und wie ich den Wagen kurz und klein gemöbelt habe.

»Ich war völlig außer mir! Und das war völlig beängstigend! Ja gruselig! Was hätte alles passieren können?«

Tom blieb gelassen und wunderte sich nur, wieso mir das nicht schon eher passiert ist.

Er meinte, es wird Zeit, mein Leben zu ändern. Das hatte er mir schon oft gesagt. Er wünschte mir einen guten Neustart. Das hatte er mir noch nie gesagt. Dann richtete er seine lieben Grüße an Paula aus, die wird sich ja sicher an ihn erinnern.

Und dann brachte er mich zur Weißglut, denn er sagte:

»Himpelpimpel, vergiss jetzt einfach dein traumatisches Leben des vom Wohlstand gebeutelten Investment-Bankers. Sei einfach mal du selbst, entspann dich. Sei einfach ehrlich. Zu ihr, und vor allem mit dir selbst. Und langweile sie nicht mit deinen neoliberalen Ansichten. Damit verschreckst du nur jedes aufrichtige Herz!«

Nach diesem Gespräch tauchte ich lange in der Badewanne unter. Dieser Mistkerl und Hungerlöhner! Der hat keine Ahnung, was ich durchzustehen hatte, damit ich da bin, wo ich war!

Wer solche Freunde hat, braucht keine Feinde! Ich war so sauer. Ich tauchte wieder auf, atmete durch und verließ rasch die Badewanne. Schon durchfingerte ich die Hausbar. Öffnete einen Mini-Whisky und trank ihn aus der Flasche. Dann fiel mein Blick auf meine neuen Toys. Ich kramte eine Sekunde und schon hielt ich die Omega Seamaster in der Hand.

Ich stellte die Uhr, verschraubte sie fest und ging wieder in die Badewanne. Hier machte ich meine ersten Tauchversuche mit der Uhr, summte dabei die James Bond Melodie und hatte für einen Moment die Welt um mich herum vergessen.

Die Uhr war schön und der Abend würde sicher noch schöner. Als ich meine neue Kleidung anzog, begutachtete ich mich im Spiegel und kam mir vor wie Daniel Greg in CASINO ROYAL, als er »sein Hemd wechseln ging«. Wer den Film kennt, kennt diese Szene. Wer den Film nicht kennt, sollte wissen, dass Bond sein Hemd wechselte, weil er zuvor richtig ins Schwitzen kam. Und nur der Zuschauer wusste, dass Bond jemanden beseitigen musste, der einfach nicht sterben wollte. Ganz klar, nach so einem schmutzigen Job, auch noch mit den nackten Händen ausgeführt, ist es mehr als angebracht, das Hemd zu wechseln.

Ich wechselte jetzt mein Hemd, weil der ängstliche, angepasste Michel, der sich nicht traute, ehrlich sich zu gestehen, wer er ist, endlich von mir erwürgt wurde, in der Badewanne ertränkt, und nun der mutige Michel zum Vorschein kommt. Der, der als Mann leben will.

Es war der zweite Whisky, die Bondmusik, mittlerweile hörte ich sie auf YouTube in meinem Smartphone, und die neue Uhr glänzte lässig an meinem Handgelenk, und in mir zündete eine Fantasie. Ich sah Paula in der Rolle der Vesper Lynd. Ich sah sie gekleidet wie Vesper. In lebendigsten Farben sah ich sie im Casino. Doch schon erinnerte ich mich an Vespers tragischen Tod! Nein. Paula ist nicht Vesper! Weg mit dieser Fantasie.

Um mich abzulenken, schaltete ich den Fernseher ein, und es gab wieder Massendemonstrationen gegen rechts. Ganz Deutschland protestiert gegen rechts. Auch das wollte ich nicht hören, ich schaltete um und erfuhr, dass heute Abend für die Region ein Jahrhundertunwetter erwartet wird.

Wie gut, dass mich das weniger juckte und ich schaltete den Fernseher wieder aus. Das Wort Unwetter triggerte noch eine Erinnerung. Einmal liebten wir uns im Matsch wie die Schweine, beim Platzregen mitten in der Nacht irgendwo da draußen. Und statt zu jammern haben wir gefickt. So war Paula!

Noch zweiundzwanzig Minuten blieben mir! Einfach mal ruhig sitzen. Durchatmen. Doch schon wieder war ich bei Paula im Bett. Sie war sehr fordernd. Schnell hatte ich gelernt, dass dieser unschuldige Kuss vom Anfang nur ein Einzelfall war. In ihr brannte eine Gier, von solch lebendiger Verspieltheit, wie ich es heute nur noch aus der Erinnerung kenne.

Oh Mann! Ich erregte mich. Was nun? Sollte ich die Waffe schnell entladen? Damit ich entspannter auf die Pirsch gehen kann? Nein, das wäre für diesen Moment absolut unwürdig. Was ich aber tat, ich ging nochmal rasch eiskalt duschen. Das hilft immer. Und als ich mich dann erneut vor dem Spiegel einkleidete, dachte ich nicht mehr an Bond und erst recht nicht mehr an das tragische Ende von Vesper.

Ich dachte an ein gutes Abendessen. Mein Magen knurrte, und wie gut, dass ich nun eine nette Verabredung zum Dinner hatte.

Paula ich komme. Jetzt endlich.

Kapitel 6
Der Alte

Ich weiß noch genau, mit welchem Gefühl ich dann mein Zimmer verließ und die Hoteltüre hinter mir zuzog. Manchmal ist so ein nebensächlicher Moment voller Klarheit und Leben, besonders dann, wenn er in einem so besonderen Kontext steht.

Ich nahm die Treppen und nicht den Aufzug. Galant und geschmeidig präsentierte ich mich im Jägerstübchen. Das Restaurant war recht gut besucht, man führte mich in eine lauschige Nische. Das fand ich sofort gut. Hier kann man ungestört zusammenrutschen.

Es war gedeckt für zwei und der Kellner gab mir die Speisekarte. Die studierte ich und schaute immer wieder zum Eingang oder auf meine Uhr. Es war genau zwanzig Uhr und zwei Minuten. Sie ist spät.

Ich bestellte ein Bier. Den Wein wollte ich nicht alleine auswählen, schließlich trinkt man den zu zweit. Ein Bier sollte reichen.

Das Bier kam. Ich trank es gemütlich aus, schaute dabei immer wieder auf die neue Armbanduhr. Das zweite Bier wurde mir gebracht und sie war immer noch nicht da. Der Anblick meiner neuen Uhr begann mich schon zu nerven. Besonders, dass der Zeiger schon fast auf halb neun stand. Mein Magen knurrte, aber das interessierte mich weniger. Ich war in völliger Unruhe, wieso sie nicht kam. Ihretwegen bin ich hierhin gereist und habe nichts in der Hand außer dem Brief von ihr. Und der war ohne Anschrift und ohne Telefonnummer. Was mache ich, wenn sie jetzt nicht kommt?

In meiner inneren Hast übersah ich, wie sich ein Mann mir näherte. Er blieb vor mir stehen, räusperte sich und ich erschrak. Nicht weil er bedrohlich wirkte, sondern weil er mir so bekannt vorkam, aber ich konnte ihn weiß Gott nicht zuordnen. Der Mann kannte meinen Namen:

»Guten Abend Michel!«

Woher kannte er meinen Namen? Ich schaute in seine lächelnde Visage. Er war schon ziemlich alt. Und mir war, als hätte ich noch gestern in seine Augen geschaut. Das war nur so ein Gefühl, für das ich bis heute keine Erklärung gefunden habe. Aber bei unserer ersten Begegnung dachte ich sofort: den kenn ich! Und ich war einfach nur platt, dass er meinen Namen wusste.

»Kennen wir uns?«, fragte ich vorsichtig.

»Sehr gut sogar.« Er lächelte mich geduldig an.
»Und woher bitte?«
»Das wirst du schon rausfinden!«
»Habe ich Ihnen das Du angeboten?«
»Du würdest mich umarmen und küssen, wenn du wüsstest, wer ich bin!«

Jetzt reichte es mir. Auf so eine absurde Begegnung war ich nicht vorbereitet. Die Mischung aus Hunger, Zweifel und Ungeduld entlockten mir aggressive Töne. Ich bellte den Alten an, er solle seine Beine unter die Arme nehmen und bis vor die Türe tragen. Ich wolle jetzt meine Ruhe haben. Schließlich sei ich mit einer Dame verabredet.

»Aber genau deswegen bin ich doch hier!«
»Weswegen?«
»Wegen der Dame, wegen Paula.«

Mein Blut kam ins Stocken. »Sie kennen Paula?«

»Sie ist verhindert, aber sie möchte, dass ich dich zu ihr bringe.« Der alte Mann zog seine Stirn in Falten.

Der Kellner erschien. »Haben die Herren schon gewählt?«

Der alte Mann winkte ab, er habe schon gegessen, er schaute mich streng an und sagte »Morgen, null sieben null null gehen wir los.

Zieh dich warm an! Geh nicht zu spät zu Bett. Du brauchst deine ganze Kraft!«

Dann wendete er sich grußlos ab und verließ rasch das Restaurant. Ich schaute ihm verblüfft hinterher, der Kellner fragte im Reflex, ob ich alleine essen möchte. Ich sagte: »Ja, einen doppelten Scotch Single Malt. Den Besten, den Sie haben.«

Was war denn bitte das?! Da kommt so'n alter Sack …! Ist der jeck? Kam der, um mir den Abend zu verderben? Aber was blieb mir übrig, außer morgen um null sieben null null – wie er sagte – anzutreten. Es sei denn … es sei denn, Paula kommt jetzt noch.

Wieso so früh? Wieso so militant in seinem Ton? Wer ist das überhaupt? Mich juckte es, dass ich ihn nicht zuordnen konnte. Was ich gar nicht mochte, war diese respektlose Nähe von der er mir Befehle gab! Ja, er gab mir einen Befehl. Da steh ich gar nicht drauf!

Klar war mir, will ich zu Paula, muss ich ihm folgen. Wie hieß er überhaupt?

Und schon kam der Scotch, ich schluckte ihn runter und eilte auf mein Zimmer. Ich musste alleine sein. Ich musste nochmal meinen Seelenklempner anrufen.

»Himpelpimpel, du schon wieder! Was ist los? Lässt dich Paula auch nicht mehr ran?«

»Sie ist gar nicht gekommen!«

»Das tut mir leid. Vielleicht kommt sie ja morg ...«

Ich unterbrach ihn ungeduldig: »Da ist so'n alter Typ gekommen und der kannte mich und sagte, er wird mich morgen zu ihr hinbringen.«

»Was?«

»Ja, genau so.«

»Und wer war das?«, wollte Tom wissen.

»Keine Ahnung. Ist das nicht seltsam?« Ich dachte nach: »Seine Augen kommen mir vertraut vor, ich weiß nur nicht, wo ich sie gesehen habe.«

»Und was gedenkst du jetzt mit dem Alten zu tun?«

»Was meinst du, was ich tun soll?«

»Wo bleibt dein Sinn für Abenteuer?«, fragte mich Tom.

»Ich spüre, dass da mehr hinter ist. Und das macht mir Angst!«

Just in dem Moment grollte ein Donner los und ein bestialischer Platzregen setzte ein. Ich erhob mich vom Bett und schloss das Fenster.

Tom hatte den Donner gehört und sagte mit gruseliger Stimme: »Ja, vielleicht ist er ja gekommen, um dich zu holen!«

»Du dummes Arschloch!«

Interessanter wurde unser Gespräch nicht mehr.

Was hätte ich von ihm jetzt auch erwarten können? Oder besser: was habe ich erwartet? Dass er mir erklärt, wer der Alte ist?

Jetzt, wo meine letzte Hoffnung und mein einziger Wunsch sich nicht sofort erfüllt hatten, jetzt, wo die Dinge nicht so glatt liefen, wie ich es mir eingebildet habe, merkte ich, wie hilf- und orientierungslos ich war. Ich hielt mich an dem Handy fest und damit an Toms Worten, als ob es ein Anker wäre, weil ich dringend etwas brauchte, etwas, was ich bei mir selbst nicht mehr fand. Das Wetter draußen spiegelte perfekt meinen Gemütszustand. Ich konnte sehen, wie ein Blitz nebenan bei den Bäumen am Parkplatz einschlug. Ein Baum zersplitterte und fiel um. Und das war mir egal.

Tom hörte sich noch ein paar Minuten mein Gejammer an. Das Unwetter wurde nicht besser und mein Verdruss, dass Paula nicht gekommen war, auch nicht.

Was tue ich in solchen Momenten? Ich nehme eine Orphidal, oder zwei. Anders kann ich sowieso nicht mehr schlafen, aber das gehört gar nicht hierhin. Von Paula war die Rede, und wenn ich sie sehen wollte, dann bedeutete das null sieben null null. Ich stellte meinen Wecker auf null sechs null null. Das sollte reichen.

Ich zappte nochmal kurz ins TV. Die Feuerwehr war wegen des Unwetters im Dauereinsatz. Ich schaltete um. Deutschland protestierte immer noch gegen rechts. Für mich als Einwohner einer Wasserburg war das alles nur noch absurd. Sollen sie doch alle nur kommen, dann ziehe ich einfach die Zugbrücke hoch. Jetzt merkte ich, wie sehr ich an diesem schönen Ort hing. Ich dachte noch kurz an meinen Sohn und schon holte mich der süße, künstlich induzierte Schlaf.

Kapitel 7
Null Sieben Null Null

Um null sechs null null war ich wach, kein Problem für mich, es erinnerte mich an meine Ausbildung. Und die machte ich ja genau hier in diesem schönen Haus. Schon witzig, dass ich jetzt hier nochmal zum Appell antreten durfte.

Frühschicht hat was. Nicht umsonst sagt man: Morgenstund hat Gold im Mund. Oder: der frühe Vogel fängt die Fliege. Da ist was dran. Alles was man nicht in der ersten Tageshälfte schafft, bleibt nur noch eine Idee, ein Wunsch oder Gelabber in der zweiten Tageshälfte.

Unter der kalten Dusche spürte ich meine Lebensgeister zurückkommen. Endlich ging es in der Geschichte weiter. Gleich würde ich mehr wissen. Die Nacht hatte ich dank Chemie überstanden. Nun war ich wieder da. Auch wenn ich jetzt kein Frühstück finden sollte, aber ich spürte, dass ich heute Wahrheit finden werde. Ich dachte zunächst nur an Wahrheit über Paula, und habe damit mal wieder viel zu niedrig gelegen. Aber damals drehte sich alles nur um mich und meinen Schwanz, oder? Dass ich noch viel mehr Wahrheit finden sollte, war mir zu jenem Zeitpunkt völlig unbewusst und leider auch egal.

Da ich nicht wusste, was auf mich zukam, packte ich meine Aktentasche mit dem Nötigsten, unter anderem meinem iPad und ein paar Tabletten. Ich legte meine neue Uhr an, es war null sechs fünf sechs. Nicht wissend auf was ich mich einlasse, aber angespornt durch den Wunsch nach Liebe, und vielleicht neugierig auf ein Abenteuer, verließ ich mein Zimmer und zog die Türe zu. Schon wieder war das ein sehr bewusst erlebter Moment. Es war wieder mal der Kontext, der mir diesen Moment so besonders machte.

Natürlich gab es vor null sieben null null noch kein Frühstück. Dann halt nicht. Es war niemand vom Personal anwesend. Und ich wusste auch nicht, wo genau um null sieben null null ich meinen alten Freund treffen würde. Schon komisch, dass ich den gerade Freund nannte. Aber jeder, der mich zu Paula bringen würde, sollte ein Freund von mir sein.

Zum Glück musste ich den Alten nicht lange suchen. Er stand vor dem Haupteingang und war gekleidet, als ob er auf eine Himalaya Expedition wollte. Na gut, ich übertreibe. Er hatte einen Rucksack, ich meine Aktentasche. Er trug Gore Tex-Wanderstiefel. Ich meine Aubercy Diamond Schuhe, handgearbeitet aus feinstem Leder. Die kriegt man normalerweise nicht unter viertausend Euro, ich schon, ich zahlte nur dreitausend zweihundert, aber das ist eine andere Geschichte.

»Guten Morgen! Ich hoffe du hast gut geschlafen«, lächelte er mich an.

»Ich bin es gewohnt schlecht zu schlafen.«

Er zeigte auf meine Aktentasche: »Was ist denn das?«

»Ein Teil von mir.«

»Wenn du den schleppen willst, dann bitte.«

Der Alte schaut in den frühen Morgenhimmel. Sanfte Wölkchen leuchteten in der Morgenröte, noch kein Mensch war unterwegs.

Ich fragte ihn, ob wir ein Auto nehmen, aber er meinte, wir brauchen kein Auto.

»Ich will aber mit dem Auto fahren!«, und ging voran zu dem Parkplatz und kaum war mein Leihwagen in Sicht, sah ich die totale Zerstörung.

Nein, nicht weil ich gestern mich an dem Wägelchen vergangen habe, nun lag ein dicker Ast quer über ihm, beziehungsweise über dem zerquetschten Rest. An den Blitz konnte ich mich sofort erinnern, ich hätte nur nicht gedacht, dass es meinen Wagen erwischen würde.

»Das ist höhere Gewalt!«, platzte ich los.

»Nein, es ist eine Fügung!«

»Ich muss das der Versicherung melden.«

»Nicht jetzt, wir haben keine Zeit zu verlieren. Es ist eh schon fünf vor zwölf.«

»Für wen?«

»Für die Menschheit.«

»Wovon redest du?«

»Komm mit und du wirst lernen.«

Der Alte grinste schelmisch und ging einfach los, ohne auf mich zu warten. Widerwillig folgte ich ihm. Was hätte ich auch sonst tun können?

»Hey, was wird hier gespielt?«

»Hab keine Angst! Komm einfach mit, und du wirst es erfahren.«

»Ich versteh gar nichts mehr!«

Der Alte drehte sich nach mir um: »Willst du zu Paula oder was?«

Was für eine doofe Frage! Natürlich wollte ich zu Paula. Also trottete ich ihm hinterher. Auf Frühsport war ich jetzt echt nicht eingestellt. Das mit dem Auto ... na gut, konnte warten. Und eigentlich hatte ich ja Glück gehabt, dass dort der dicke Ast drauf gefallen war. Spätestens jetzt ist es ein Totalschaden und keiner wird sich wundern, woher die vielen Beulen kommen. Jetzt aber einfach zu gehen und sich da nicht mehr drum zu kümmern, behagte mir nicht sonderlich. Vom Charakter bin ich gründlich, verschiebe nicht auf morgen, was du heute kannst besorgen. Aber der Alte vor mir ging ab wie ein Eilzug, ich musste mir Mühe geben, um Schritt zu halten. Ständig den vielen Pfützen ausweichend, noch war ich besorgt um meine Schuhe, holte ich auf und fragte: »Wie heißen Sie eigentlich?«

»Toni. Wir waren doch beim Du.«

»Toni? Toni wie?«

»Das spielt jetzt keine Rolle. Ich bin hier, um dich zu Paula zu bringen. Und dafür reicht: Toni.«

»Na gut Toni. Ich bin Michel Bunt. Dr. Michel Bunt.«

»Das weiß ich schon lange, Michel. Ich kenne dich mein ganzes Leben.«

Ein Traktor näherte sich und Toni hielt den Daumen raus. »Das ist nicht dein Ernst!«, fuhr es nur so aus mir raus.

»Dass ich dich mein ganzes Leben kenne?«, wollte Toni wissen. Aber auf so einen Quatsch hatte ich gar nicht geachtet. Ich schaute nur verblüfft auf den Traktor, der nun vor uns hielt.

»Wir werden doch jetzt nicht Traktor fahren?«

Doch! Hinten auf einer harten Pritsche im Anhänger konnten wir Platz nehmen. Was war hinten auf dem Anhänger drauf? Was erwartet man in Bayern auf einem Anhänger, der von einem Traktor über einsame Landstraßen gezogen wurde? Nun, ich nehme so viel Anlauf, weil dort was stand, womit ich nie gerechnet hätte, aber bei näherer Überlegung stimmig war. Heute weiß ich, dass dieser Moment eben kein Zufall war. Oder manche sagen, Zufall ist, was uns zufällt. Heute weiß ich, dass man so etwas Synchronizität nennt. Die kleinsten Dinge, die uns begegnen, tragen in sich die größte Bedeutung, wenn wir es zu lesen wissen.

Jetzt, wo ich im Nachhinein mein Erlebnis zu Papier bringe, wird mir bewusst, dass dieser Moment damals auf der harten Pritsche ein Geschenk war, damit die Reise beginnen konnte.

Auf dem Anhänger befand sich eine kleine Plastikwanne, ca. dreißig Zentimeter hoch und siebzig im Durchmesser. Sie war gefüllt mit mehreren, lebendigen Flusskrebsen. Ein einziges Gewühle und Gekrabbel, die Krebse kletterten übereinander und untereinander. Manche versuchten, über den Wannenrand zu klettern. Doch kaum hatte es einer der Krebse geschafft, sich am Rand hochzuziehen, kam ein Kollege von unten und zog ihn wieder runter. Plumps! Der Krebs fiel zurück ins Gewühl. Und das wiederholte sich die ganze Zeit.

Offenbar wusste der Mann im Traktor, dass die Krebse sich gegenseitig am Ausbrechen hinderten. Er wusste, dass sie keinen Kollegen entkommen lassen würden. Darum musste er auch seinen Bottich nicht abdecken.

Toni schaute sich das Spektakel neugierig an.

»So seid ihr auch!«

»Wer?«

»Ihr, die Menschen von heute.«

»Wie meinst du das?«

»Schau mal der da: er will raus. Er will frei sein, guck mal da, gleich kommt der Dicke und zieht ihn wieder runter. Platsch!«

Toni hielt sich die Hand ans Ohr und lauschte zu den Krebsen.

»Der Dicke hat gesagt: Hier geblieben! Wenn wir hier unten bleiben, dann du auch, Freundchen!«

Ich musste lachen. »Nicht alle bleiben unten!«, erwiderte ich und dachte an meine steile Karriere.

Man muss nur wollen, dann klappt es. Manche sind einfach nur zu faul oder zu dumm! ... Das hatte ich zwar nur gedacht. Aber wieso schaute mich Toni jetzt so komisch an? Konnte er meine Gedanken lesen? Verunsichert fragte ich ihn:

»Was willst du mir damit sagen?«

Toni fixierte mich und sprach sehr langsam: »Ich will damit nur sagen, dass dieses Verhalten – das ihr heute alle habt – noch aus der Zeit und Entwicklungsstufe der Krebse stammt. Die meisten Menschen sind noch keinen Deut weiter als der dicke Krebs hier, der sagt: mir geht es nicht gut, wieso soll es dir dann besser gehen?«

»Das ist nun mal so.«

»Natürlich. So ist es. Noch! Aber bald wird sich alles ändern.«

Bald wird sich alles ändern? Was wollte er mir denn damit andeuten? Das Einzige, was ich damals zu antworten wusste, war: »Natürlich ändert sich die Welt. Die Globalisierung ist nicht mehr aufzuhalten. So ist der Lauf der Dinge.«

Und was ich ihm nicht sagte und woran ich aber sofort denken musste, war, dass einem Mann mit Geld die Globalisierung eigentlich viel Spaß machen kann. Man kommt mühelos überall hin. Man kann sein Leben mit den exotischsten Eindrücken anreichern. Ferne Reisen, internationale Restaurants und das Wissen, das immer und überall die goldene Kreditkarte jede Türe aufmacht. Das ist, was ich damals unter Globalisierung verstanden hatte. Sich frei bewegen auf diesem schönen Planeten. Leben wie ein James Bond.

Na gut, dass jetzt Arbeit in Billiglohnländer abgewandert ist, ist auch nichts Neues, genau genommen ist es unausweichlich, so eine Art Evolution der Industrialisierung. Ist doch logisch, dass Billiglohnländer dann all die billigen Jobs machen werden. Auch daran konnten wir, Investmenthäuser und Banken, im Allgemeinen immer noch verdienen.

Geld ist flinker und anpassungsfähiger als Arbeitskraft.

Ein Grund mehr, sein Talent mit Geld zu verbringen, und nicht mit Arbeit.

Ich weiß noch, wie es mich irritierte, als der Alte anfing, von Veränderungen zu reden. Auch wenn ich immer gut ausgelastet, beschäftigt oder zumindest mit schönen Dingen abgelenkt war, so entging mir nicht, dass es in den letzten Jahren doch erheblich bergab ging mit der guten alten Heimat.

Deutschland ist nicht mehr das, was es war, ist nicht mehr das Land, in dem ich aufwuchs. Aber auch das juckte mich gar nicht mehr so ganz richtig viel. Denn, ist doch klar, dass ein global denkender Mensch wie ich auch global handelt. Und global seine Mäuse unterschlüpfen lässt, damit er global leben kann.

Tja und falls dann doch Unruhen die Heimat erschüttern sollten, dafür hatte man ja eine Wasserburg. Dann wird einfach die Ziehbrücke eingeholt. Und Ruhe ist.

Und falls man versucht, die Burg zu stürmen? Ich musste grinsen bei der Vorstellung wie Rudolph mir eins seiner Jagdgewehre anvertraut, damit wir dann gemeinsam vom Turm aus die Burg verteidigen. Gegen wen denn?

Gegen die Wilden, gegen die Chaoten, gegen die Faulen, gegen die Hungrigen, gegen die Schlechten und die Neider … kurz gegen all die, die nicht so schön und reich sind wie wir.

Manchmal dachte ich damals so etwas wirklich, solche Fantasien hatte ich ab und zu, gewiss geschürt von meiner Angst.

Ja, ich hatte viel Geld bewegt und trotzdem habe ich es immer wieder geschafft, mich bei politischen Diskussionen komplett rauszuhalten. Nötigte man mich, Farbe zu bekennen, dann war meine Antwort immer: Schalke 04. Der Verein war mir seit frühster Kindheit der sympathischste. Aber politischer bin ich nie geworden. Das heißt ich schaue die Nachrichten, höre zu, was man uns erzählt. Und vermeide jede Diskussion. Meiner Meinung nach war das katastrophale Wetter und die nicht endende Überflutung mit Immigranten die kranke – vielleicht verdiente – Frucht einer kranken Zivilisation.

Auf der einen Seite wird die Spanne zwischen reich und arm immer größer, auf der anderen vermischt sich alles immer mehr.

Die Welt war nun mal ein großer Scheißhaufen und das Einzige, was Sinn machte, war, den Haufen hochzuklettern, wo man mehr Licht und Luft findet. Mehr geht nicht. Und während wir diesen Scheißhaufen hochklettern, ramponieren wir die Natur gewaltig. Ist so und machen alle. Daher zählt nur eins: besser oben als unten sein. Besser bedient werden als dienen.

Und all das potenziert sich mit dem ständig zunehmenden Bevölkerungsüberschuss, ist doch klar, dass am Ende Mutter Natur am Rad dreht und uns eins auf die Finger haut, mit Überschwemmungen, Wirbelstürmen oder einfach nur mit Trockenheit und Hungersnot.

Diese Tendenzen erkennen natürlich auch die reichen Menschen. Und es ist dann eine unbewusste Angst, die dann zu noch mehr Konsum treibt. Die schöne Welt kann ja morgen schon kaputt sein! Das schöne Leben kann morgen schon zu Ende sein! Besser heute nochmal richtig Gas geben, bevor morgen alles weg ist. Und dabei üben wir unser Gewissen mit POSITIVE THINKING und Yoga.

Was aber nun (mal wieder) recht neu war und es ist mir als unpolitischer Mensch nicht entgangen: auf einmal wurden wir wieder alle gespalten. Und zwar mehr als zuvor. Das fiel sogar mir auf.

Damals gab es den Osten und den Westen. Als dann die Mauer fiel, wuchs ich in dem Glauben auf, dass nun die Welt irgendwie Frieden und Harmonie finden wird. Aber nein, das Gegenteil war der Fall. Die Mauer ist immer noch da, sie hat sich nur verlagert. Vom Makro ins Mikro. Von Berlin in unsere Nachbarschaft.

Oder wie sagte der Alte: »Die Mauer wurde leider keine Erinnerung, sondern die Struktur eures Seins. Die Mauer wurde persönlich.«

Nun hatte jeder seine eigene Mauer. Gefangen ist man nicht nur in Armut, sondern auch im Glauben, in Ansichten oder einfach nur in der eigenen Einsamkeit und inneren Leere. Und diese Leere füllen wir uns mit einer Mauer! Das findet man bei der Religion und ganz besonders beim Genderwahn. All diese Diskussionen, die geführt werden, um angeblich mehr Gleichheit zu schaffen, treiben doch nur die lokalen Mauern in die Höhe und trennen Menschen wegen Lappalien und Kicki-Quatsch.

Dass es so war, fiel mir schon damals auf, warum es so war, noch nicht.

Ich erkannte, wie wir gespalten wurden. Und erkannte, dass man sofort ein Nazi genannt wurde, wenn man das erkannte. Ein weiterer Grund, meinen Mund zu halten.

Wir werden auch gespalten in Idealisten und Realisten. Die einen wollen kämpfen für eine bessere Welt, und vermutlich sogar noch töten für den Frieden! Und die Anderen sind Leute wie ich, normale Leute, Leute, die nur ihren Frieden wollen. Leute, die wissen, dass wir auf den Abgrund zugehen, die es aber akzeptieren, dass es so kommen muss. Also Leute, die nicht so doof sind, die ganze Zeit daran zu denken, so wie all die verbohrten Idealisten da draußen! Eins ist doch klar: sterblich sind wir nun mal alle, und ein Planet auch. Daran kann man nichts ändern. Und bevor man stirbt, wäre es doch schön, wenn man so viel erleben konnte wie möglich.

Ja genau so dachte ich damals. So sah mein Panorama aus. Da hatte ich noch keinen blassen Schimmer, was der Alte meinte, als er sagte: »Aber bald wird sich alles ändern.«

Kapitel 8
Mein Herzeleid

Den Rest der Fahrt verbrachten wir stumm und nachdenklich auf der harten Pritsche. Der Traktor tuckerte gemütlich und stetig eine Straße hinauf. Hin und wieder schaute ich zu den Krebsen im Bottich. Aber da gab es nichts Neues. Die folgten immer immer immer demselben Muster. Sie ließen keinen entkommen.

In dem Moment kam mir so etwas wie eine Ahnung. Wenn es Neues geben soll, dann muss das Neue in mir selbst im tiefsten Inneren anfangen. Nur in mir ganz tief drin ist die Kraft, die die äußeren Strukturen speist und ergo verändern kann. Das war eher so ein Gefühl, so eine Art Intuition. Denn ich schaute mir die Krebse an und fragte mich die ganze Zeit, und nun bewusst: wieso macht ihr das nicht anders? Wieso macht ihr keine Kette, zieht euch gegenseitig raus und haut einfach alle ab?

An einem kleinen Bahnhof stiegen wir aus.
»Woher kennst du eigentlich Paula?«
»Ich kenne sie, weil du sie so geliebt hast.«
»Was?! Wer bist du?«

»Bleib cool, Michel. Frag dein Herz, ob du mir vertrauen kannst. Komm mit oder bleib zurück. Aber stell keine Fragen mehr!«

Tonis Blick hatte so viel Nachdruck, dass ich sofort schweigen musste.

Der Alte wusste genau, was zu tun war. Nun ging es mit der Bergbahn weiter. Doch das dauerte noch, bis die kam. Toni verschwand auf die Toilette und ich nutzte den ersten Moment des Alleinseins und rief Tom an. All das hier war so eigenartig, dass ich meinen seelischen Betreuer brauchte. Und zwar jetzt!

»Was ist denn los?«, fragte mich Tom leicht genervt.

»Der kennt mich, er weiß genau, wer ich bin. Aber ich weiß überhaupt nicht, wer er ist!«

»Dann frag ihn doch!«

»Manchmal denke ich, du hältst mich für einen Doofmann.«

»Für einen stinkreichen Doofmann. Also, ... er sagt es dir nicht?«

»Er sagt, ich soll mein Herz fragen, ob ich ihm vertrauen kann oder nicht, aber ich soll ihn nicht mehr fragen, wer er ist.«

»Und? Fühlst du dich bedroht?«

»Im Gegenteil.«

»Wirst du von ihm eingeschleimt?«

»Auch nicht.«

»Das würdest du vermutlich auch gar nicht merken.«

»Natürlich würde ich das merken!«

»Nicht bei allen! Weil du ein Himpelpimpel bist.«

Schon wieder! Was ging mir das auf den Sack, einmal tat er das sogar im Beisein meiner Kollegen. Was für eine Blamage! Und bevor ich ihn nochmal zurechtweisen konnte, sah ich, wie der Alte die Toilette verließ.

»Versuch mal zu gucken, ob er Papiere dabei hat«, riet Tom mir, doch ich hörte gar nicht mehr zu, lächelte den Alten an, der auf mich zukam, und beendete rasch das Telefonat: »Also Tom, wir ziehen jetzt weiter. Dann mach es mal gut. Tschüss!«

Ich schaltete mein Handy aus und der Alte fragte mich direkt:

»War das Tom Bendler?«

»Du kennst ihn?«

»Besser als dich.«

»Was?! Woher?«

»I told you: no questions!«

Mann! Woher kannte er Tom? Es wurde immer konfuser. Wenn er Tom kennt und wenn er Paula kennt, dann war er damals dabei ... zumindest hier im Dorf. Hatte er hier irgendwo gearbeitet? ... wo wir ihn täglich sehen konnten? War er der Bäcker, der Mann im Kiosk oder gehörte er zum Personal im Lerchenhof? Oder war er sogar ein Kollege im Eibsee Hotel?

Ich weiß es echt nicht mehr, wo ich ihn gesehen habe, aber mir wird immer klarer, dass ich ihn schon gesehen habe, und nicht nur einmal. Denn wie konnte ich mir sonst diese Vertrautheit erklären? Und dass er jetzt Tom auch noch kannte ... am besten ich frage Tom selbst bei der nächstbesten Gelegenheit. Ungelöstes löst in mir immer größte Ungeduld aus. Und jetzt hier am Bahnsteig stehen und warten und nicht fragen können, half mir auch nicht weiter.

Der Alte rettete die Situation. Da es noch zehn Minuten bis zu unserem Zug waren, schlug er vor, rasch etwas zum Essen zu organisieren.

Wenige Schritte vom Bahnhof gab es die typische Bäckerei, wir deckten uns ein mit Laugenbretzeln und als ich meinen Kaffee bestellen wollte, winkte der Alte ab, in zwei Minuten komme der Zug, er griff rasch nach zwei Bierdosen, die in einer Kühltheke lagen und zahlte alles.

»Bier am Morgen?«

»Relax! Ist doch dein Besinnungswochenende!«

Wir mussten laufen und kriegten so gerade eben noch unseren Zug, eine alte Bergbahn.

Langsam schnaufte die Lokomotive los. Toni und ich ließen uns in einem Abteil nieder. Wir waren alleine. Und kaum saß ich, reichte er mir das Bier.

Bier am Morgen vertreibt Kummer und Sorgen. So sagten wir damals auf Frühschicht im Hotel. Da hatten wir oftmals mit Bier gefrühstückt, only in Bavaria. Ich nahm einen kräftigen Schluck, dann mümmelten wir beide schweigend auf den Bretzeln und schauten uns die schöne Landschaft an.

»Sag mal. Hat Tom dir schon von der Raumenergie erzählt?«, fragte mich der Alte plötzlich. Sofort gingen bei mir alle Alarmglocken an. Ich quetsche im Reflex die Bierdose. Jetzt verstand ich! Alles ist ein Set-Up! Und zwar eins von Tom. Er will mich nötigen, mir seine Idee anzuhören! Reicht es nicht, dass ich ihm sagte, dieser Quatsch interessiert mich nicht?

»Das ist eine bahnbrechende Entdeckung!«, meinte der Alte lakonisch.

»Entdeckung?«

»Ja. Wahre Erfinder entdecken nur, was es bereits gibt.«

»Du bist hier, um mir dieses absurde Science-Fiction-Projekt zu verkaufen?«, kläffte ich ihn an.

Der Alte grinste mich mitleidig an.

»Da spricht wieder der dicke Krebs im Eimer: kennen wir nicht, wollen wir nicht.« Er blickte mich mit klaren Augen an: »Keine Angst ich bin kein Verkäufer!«

»Was willst du dann? Sag es mir?«

»Die Welt retten! Und das bedeutet nichts anderes als dich retten.«

Wie schade, dass es nicht noch mehr Bier gab. Bier trinken und darüber reden, die Welt zu retten. Welcher Student kennt das nicht? Aber jetzt bin ich Führungsperson einer Investment-Bank. Das war eben der kleine Unterschied, und urplötzlich langweilten mich der alte Mann und sein Gelaber. Das kann ja noch heiter werden! Zum Glück hatte ich Harndrang, den bekomme ich beim Bier rasch. Und während die alte Bergeisenbahn sich mühsam und langsam den Pass hochkämpfte, verabschiedete ich mich auf die Toilette.

Von der kleinen Klokabine rief ich direkt Tom an und schrie ihn ungehalten an:

»Steckst du mit diesem alten Sack etwa unter einer Decke?! Sag es mir sofort!«

»Wovon redest du?«

»Hast du mir den geschickt, damit ich da diese Raumenergie-Scheiße finanziere?«

»Was sagst du da???«

Die Verbindung brach ab. Ich versuchte erneut zu wählen. Aber hier draußen war ein Funkloch. Ich schaute ungeduldig auf mein iPhone, aber es gab kein Signal. Fluchend steckte ich es wieder ein. Die Bergbahn hatte ganz schön zu schleppen, genau wie ich.

Ich kam zurück in das Abteil und der Alte hatte aus seinem Rucksack noch mehr zum Futtern hervorgeholt. Mit der Spitze seines Taschenmessers bot er mir ein Stück Salami an. »Probier die mal!«

Ich nahm die Wurst mit den Fingern und schob sie noch nicht in den Mund. Zuerst wollte ich Klarheit: »Woher kennst du Tom?«

»Ich kenne nicht nur Tom, ich kenne auch seine Freundin Barbara. Die beiden sind ein tolles Team. Die haben ein reiches Leben.«

»Reich?! Die leben doch nur von der Hand in den Mund. Der Kerl schuldet mir immer noch Geld!«

»Deswegen musst du dir deine Butter nicht dünner auftragen, oder? Also weine nicht!«

Er hatte Recht. Mir ist nie aufgefallen, dass ich ihm Geld geliehen hatte bzw. dass mir dieses Geld fehlte.

Der Alte erinnerte sich: »Tom und Barbara! Bei denen sieht man ganz deutlich, dass sie in diesem wunderbaren Rad aus purer Energie und Lebensfreude stecken. Ein Rad bestehend aus verschieden Teilen: Liebe, Vertrauen, Aufmerksamkeit, Kreativität, und richtig gut …« Er zwinkert mir zu. »Na, du weißt schon! … hält das alles zusammen. Yin und Yang eben.«

»Und wenn ein Teil fehlt?«

Der Alte überhört das und führte fort: »Das und Gesundheit und eine gesunde Familie, das ist wahrer Reichtum! Alles andere sind Schattenspiele der Eitelkeit. Im besten Fall schöne Häuser, im schlimmsten Fall digitale Nullen. Geld ist nur noch eine Illusion, die von eurer Angst und Ignoranz genährt und getragen wird. Aber nicht mehr lange. Und ihr werdet merken, dass ihr wegen wertlosen Zeugs euer Herz überhört habt.«

Ich ertappte mich dabei, dass ich ihm tatsächlich zugehört hatte. Seine Augen durchdrangen meine. Das war ein Blick, der in mir nach einer Reaktion suchte. Und dann sagte er, ich weiß es noch ganz genau:

»Wir müssen vergessen, was wir gelernt haben, wir müssen verzeihen, was man uns angetan hat, erst dann werden wir uns erinnern, von wo wir kommen, von wem wir sind.«

Seine Worte drangen wie eine Kugel in mein Herz. Alles was ich verdrängte, alles was ich nicht wahrhaben wollte, alles was mich gefangen hielt, und ich brauch jetzt keine Namen mehr nennen, aber es überkam mich, es überfuhr mich und Tränen füllten meine Augen.

Und der Alte schaute mir zu. Er wendete seinen Blick nicht einmal ab, aber ich spürte gewisse Liebe und Zuneigung. Normalerweise geniere ich mich, vor Fremden zu weinen, aber hier bei ihm konnte ich richtig heulen. Laut flennen. Ich habe den ganzen Schmerz der letzten Jahre endlich zugelassen, anerkannt, nochmal durchlebt und hier im Beisein des vertrauten Fremden weinte ich wie ein kleiner Junge, dem die Mutter genommen wurde.

Der Schmerz saß so tief. Wie dankbar war ich, dass sie meine Frau war! Wie stolz, wie glücklich ich gewesen war! Und dann? Dann erkannte ich die Mauer. Und trotzdem tat ich, was ich konnte, um diese Mauer zu überwinden. Aber kann man das, wenn der Andere eine andere Perspektive hat?

Wenn ich die Leiter rausholte, wuchs wie durch ein Wunder die Mauer. Man kann auch sagen: wo ich ein halb volles Glas gesehen hatte, war für sie das Glas ständig halb leer. Wie ich es machte, ich machte es falsch. Und ich habe mich immer mehr verbogen, das heißt bin immer angepasster und leiser geworden, besonders, wenn ich aufs Klo schlich, um zu masturbieren.

Nutten hätte ich mir jeden Tag drei leisten können, aber das ist nicht mein Ding. Ich bin da konservativ, schließlich habe ich ja eine Frau und wenn auch gerade Funkstille ist, bin ich ihr Ehemann. Mir war das auch immer zuwider, wenn gewisse Geschäftspartner nach erfolgreichem Abschluss und gutem Dinner noch »einen Nachtisch« wollten. Da bin ich dann immer vorher ausgestiegen.

Ich hatte Jessi so bewundert, ich hatte sie so geliebt, ich habe ihre Füße geküsst. Wir machten Liebe, ein paar Mal war es richtig gut, sogar fantastisch, und besonders gut war es, als ich meinen Sohn zeugte.

An dem Abend waren wir mit Tom und Barbara in San Sebastián. Ich lud alle ins Maria Cristina ein. Das war der Sommerpalast von Isabel II. und ist heute das vornehmste Hotel Spaniens. Tom habe ich die Reise zu seinem Geburtstag geschenkt.

Wie glücklich ich damals war. Mit der schönsten Frau an der Hand flanierte ich an der Concha, jener berühmten Muschelbucht, mein bester Freund und seine liebe Barbara waren die beste Gesellschaft, um einfach nur Mensch zu sein. Und Jessi war beeindruckt von der schönen Stadt und den ganzen Schuhgeschäften. Aber abgesehen von dem ganzen Shopping war das Wochenende perfekt und der Höhepunkt unserer Liebesbeziehung.

Wir hatten in der Altstadt Pintxos gegessen, so nennt man dort die Tapas, und der Unterschied ist enorm: Tapas sind Beilagen wie Wurst, Oliven oder Tortilla. Pintxos sind kreative Mini-Gerichte. Zum Beispiel: ein Stück Lachspudding oder ein Gulasch mit Guacamole oder eine Stückchen Rinderfilet mit Queso Azul. Die Liste ist endlos, jede Bar hat ihre eigenen Spezialitäten. Und zum Nachtisch muss man in La Viña gewesen sein. Hier gibt es auch jede Menge Pintxos, aber hauptsächlich wird nur eins gegessen: Käsekuchen. Über dreißig frisch gebackene Käsekuchen warten täglich im Wandregal der Bar. Noch bevor der Tag zu Ende geht, sind alle weg. Barbara hatte fast einen Orgasmus bekommen, als sie den Käsekuchen zum ersten Mal probiert hatte. Mann, was machte sie für eine Show! Die Basken hatten ihren regen Spaß mit ihr. Was hatten wir dann gelacht!

Und wie schön war der späte Abend in der Bar des Hotels. Dort tranken wir noch einen Foxtrott. Der Klassiker, besonders bei den Amerikanern, die sogar mit Privatjets vorbeikommen, um mal schnell einen Foxtrott zu schlürfen. Das weiß ich, denn die hatten wir kennengelernt. Und hinten in der Ecke saß Gary Oldman, er unterhielt sich mit zwei Damen bei einem Cocktail. Im Maria Cristina ist was los und war immer was los. Und das imponierte Jessi gewaltig.

Der Barkeeper war gesprächig und erzählte uns, dass Julio Bardem heute eingecheckt habe. Seitdem wir das wussten, mussten Jessi und ich immer wieder den Hals verrenken, um zu gucken, ob Herr Bardem die Lobby betritt. Die kann man nämlich recht gut von der Bar aus sehen. Den hätte ich als alter Bondfan zu gerne gesehen, denn er spielte in SKYFALL einen der besten Widersacher der ganzen Serie.

Tom und Barbara lachten sich über unser Verhalten kaputt. Jessi nahm ihren Strohhalm und warf ihn Tom an den Kopf, wir hatten alle unseren Spaß. Ein lebendiger Moment. Wir waren sogar so laut, dass Mr. Oldman leicht genervt hinüberschaute. Jessi fummelte unterm Tisch an mir rum. Tom merkte das und grinste mich gönnerhaft an. Freunde freuen sich immer, wenn es dem Freund gut geht.

Auch diese Runde ging auf mich. Das war alles ein Geschenk für Tom und Barbara. Und für so etwas gebe ich mein Geld liebend gerne aus, nur es kam seitdem leider nicht mehr dazu.

Jessi war angeschwipst, eigentlich trinkt sie nicht, aber wenn was los ist und es passt, dann ist Jessi ein Party-Knüller. Und sie ließ es mich deutlich wissen, wie geil sie war. Glücklicher hätte ich nicht sein können.

Tom und Barbara hatten ein normales Doppelzimmer mit Blick auf den Fluss. Ich bin mir sicher, das reichte, damit die beiden ihr Glück fanden.

Aber auf mich und Jessi wartete was ganz Besonderes. Das königliche Schlafzimmer war in einer Suite oben im einzigen Turm des ganzen Palastes. Ein großer, runder Raum mit atemberaubender Aussicht auf die Skyline von San Sebastián. Hier schlief die Königin Isabel II. Und hier machte ich Jessi zu meiner Königin.

Was dann passierte, nachdem wir alleine in unserer Suite waren und die Türe hinter uns ins Schloss fiel, möchte ich jetzt nicht im Detail erzählen. Aber es war ganz großes Kino! Und mit viel Liebe. Und ich war der glücklichste Mann der Welt. In dieser Nacht zeugte ich meinen Sohn.

Wochen später erkannten wir, dass sie schwanger war, und damit kam die Mauer. Erst langsam und schleichend. Was wie eine Laune zunächst aussah, wurde zu einem neuen Normal. Die Mauer wurde immer höher oder das Glas immer leerer. So eine Nacht wie in San Sebastián hatte sich nie wiederholt. Natürlich hatten wir zunächst noch Sex. Aber der wurde auf einmal mechanisch, zumindest sie wurde mechanisch. Sie tat es, weil man es in einer Ehe tut. Aber das war es dann. Und davon gab es jedes Mal weniger. Zunächst dachte ich, das ist wegen der Schwangerschaft, aber als unser Sohn geboren wurde, wurde alles nur noch schlimmer. Ich war nicht mehr existent.

Ich versuchte mit ihr zu reden, habe ihr sogar geschrieben. Die einzige Antwort war noch mehr Distanz. An einem Morgen stellte ich sie in der Küche – wir hatten schon lange nicht mehr in einem Zimmer geschlafen – und es platzte förmlich aus ihr raus: »Ich habe meine Pflicht getan! Der Stammhalter ist geboren. Nun sind wir nur noch Freunde!«

Das sagte sie tatsächlich! Und ich habe das keinem erzählen können. Wem hätte ich das erzählen können? Nein, Tom auch nicht. Zum ersten Mal, dass ich ihm was nicht erzählte, denn es war einfach zu groß. Zu groß, um es zu sagen. Aber jetzt kam alles raus, und ich hörte nicht auf zu weinen. Der Alte schaute mich mitfühlend an, während ich in meinen Erinnerungen festhing.

Ich weiß noch genau, wie das Luder mir dann tatsächlich noch einen leidenschaftlichen Kuss gab. Wie sich rausstellte, war das der Abschiedskuss, denn seit jenem Tag haben wir nicht mehr geküsst, geschweige denn …

Marie Antoinette war gewiss nicht die einzige und letzte Königin, die, nachdem sie ihre eheliche Pflicht erfüllt hatte, den Mann zum Freund degradierte, um sich dann der wahren Liebe hinzugeben. Ludwig XVI., diese traurige und gutmütige Gestalt, wollte ich nicht sein. Aber seit Jessi mich so oberzickig und hochherrschaftlich morgens beim gemeinsamen Frühstück abgespeist hatte, musste ich immer wieder an die Guillotine denken. Und dass die manchmal helfen kann …

Nun gut, ich erfreute mich an meinen Sohn und am Konsum, mittlerweile habe ich dreizehn Markenuhren. Reisen tue ich weniger, muss ich ja schon beruflich genug. Außerdem, Reisen macht nur in Gesellschaft Spaß, und wenn es nur ums Windelwechseln geht, das kann ich auch zu Hause. Apropos Windelwechseln. Jessi hat auch damit ein Problem. Das nur am Rande.

»Reisen macht hungrig, nicht wahr?«, unterbrach mich der Alte in meinem Kopfkino und holte mich wieder ins Hier und Jetzt zurück. Wir saßen immer noch in der alten Bergbahn, der Alte schaute zum Fenster hinaus und genoss den Augenblick.

»Es ist wundervoll hier. Die Weihnachtsferien meiner Jugend hatte ich hier oft verbracht«, sagte er.

»Ich habe auch gute Erinnerungen an diese Gegend. Ich habe hier eine Lehre als Hotelkaufmann gemacht.«

»Ich weiß, Tom hatte mir davon erzählt.«

Was soll denn das schon wieder? Ich brauste innerlich auf:

»Wann hast du mit Tom gesprochen?«

Der Alter kicherte nur, schnitt sich ein Stück Salami ab und ging auf meine Frage gar nicht ein. Er schaute aus dem Fenster und ich auf die Salami:

»Kann ich bitte noch ein Stück haben?«

Der Alte grinste mich an.

»Ich sagte doch: keine Fragen!«

Kapitel 9
Steil hoch

An einem winzigen Bahnhof stiegen wir aus. In der Ferne hörten wir die Glocken von weidenden Kühen. Wir waren auf einer Hochebene angekommen. Wenige Bauernhäuser waren am Horizont verteilt.

»Sind wir da?«, wollte ich sofort wissen.

»Noch nicht ganz. Wir müssen noch ein Stück wandern.«

»Wandern?«

Der Alte ging strammen Schrittes voraus. Mir blieb nichts anderes übrig als ihm zu folgen. Von dem nächtlichen Unwetter war der Boden immer noch matschig, ich musste mir Mühe geben, um meine Aubercy Diamond Schuhe nicht völlig in den Schlamm zu reiten. Aber je nasser sie wurden, umso egaler wurde es mir, ich wollte nur den Alten nicht aus dem Blick verlieren. Ich folgte ihm wie der Seemann dem Leuchtturm.

Wieso? Weil ich um null sieben null null aufgestanden war, und programmiert war wie ein Roboter, Paula zu treffen. Das war für mich ein gelobter Befehl. Mein Verstand hatte längst kapituliert. Die Suche nach ihr wurde zur willkommenen Flucht vor mir selbst.

Es ging nur steil den Berg hoch und ich immer hinterher. Für sein hohes Alter war er überraschend fit. Ich schwitzte schon. In dem Moment erkannte ich, dass einmal die Woche zwanzig Minuten Schwimmen nicht ausreichen.

Oben auf einer Anhöhe saß er auf einem Stein und wartete auf mich. Ich setzte mich zu dem Alten und war dankbar, dass er uns eine Pause gönnte.

Wir schauten in den Himmel. Ein großer Vogelschwarm bewegte sich wie ein einheitlicher Körper und der Alte sagte:

»Ist das nicht toll? Wie sie alle von derselben Intelligenz durchlebt werden! Der Mensch ist das einzige Lebewesen, das einen Vorturner braucht, um zu wissen, ob es jetzt nach rechts oder nach links geht.«

»Wir hätten auch nur pure Anarchie, wenn man den meisten Menschen nicht sagen würde, was zu tun ist.«

»Zuckerbrot und Peitsche. Anspornen, belohnen oder bestrafen. Gewinnen oder verlieren.«

»Wie soll es sonst funktionieren?«

»Und einmal im Jahr die fette Sause. Bei dir sind es die Karnevalspartys. Stimmt's?«

Woher wusste er das?

»Woher weißt du das?«

»Keine Fragen. Hab Geduld und du wirst die Antwort schon finden.«

Für eine Zeit lang schwiegen wir beide und schauten den Vögeln zu. Der Alte wirkte friedlich, doch in mir nagten zu viele Fragen, die ich gar nicht zu stellen brauchte, da er sie nicht beantworten würde. Auch ihn jetzt direkt wieder mit Paula zu bedrängen, schien mir wenig opportun. Also beharrte ich in Stille, ich weiß nicht mehr wie lange, bis mir eine Frage kam:

»Eine Frage habe ich aber: wie soll es sonst gehen? Mit den Menschen? Die Gesellschaft muss doch funktionieren, organisiert werden.«

»Frag die Vögel.«

»Jetzt mal im Ernst!«

»Hör auf dein Herz. Wieso schlägt dein Herz? Wo kommt dieser Impuls her?«

Ich dachte einen Moment nach und wusste keine Antwort.

»Das Herz ist die Brücke zur anderen Seite. Zu Gott. Oder nenn es Allah, Lebensenergie, Natur, Alpha oder die eine große Wahrheit. Dein Herz ist wie ein Radio im Kontakt mit dieser Wahrheit. Dein Herz ist ein Kompass! Das Herz hat jede Antwort, denn es war von Anfang an dabei.«

»Na, dann bin ich ja beruhigt.«

»Wusstest du, dass wilde Tiere bei dem Tsunami damals kaum gestorben waren?«

»Was hat das damit zu tun?«

Der Alte tippte auf sein Herz.

»Die waren online mit dieser großen Energie. Sie haben gewusst, was kommt und hatten Zeit, sich zu retten.«

»Das sind Tiere. Und wir sind Menschen.«

»Ja, aber wir waren auch mal online! Und wir spüren das manchmal immer noch! Doch nur die wenigsten trauen dieser inneren Stimme, ihrem Selbst, ihrer Intuition. Denn das wurde euch systematisch rausgeprügelt, und schon seit langer, langer Zeit.«

Dann erzählte er, dass das zweitwichtigste Organ im Körper die Zirbeldrüse ist. Ich weiß noch, wie er sich sofort korrigierte, dass im ganzen Körper keine Zelle zweitwichtig ist, dass alle gleichwichtig sind, um zu einem gesunden Körper beizutragen.

Er sagte, dass die Gesellschaft eines Tages genau so funktionieren wird wie ein gesunder Körper. Und je nach Talent und Berufung sucht man sich den Platz, an dem man sich am wohlsten fühlt und dem Gemeinwohl am besten tut.«

Ich dachte sofort an Papa Pipi und verstand endlich, dass er mit seiner Aufgabe zufrieden war. Denn er erkannte die Würde, die sein Job alleine deswegen hatte, weil er etwas für das Gemeinwohl tat. Und von Papa Pipi war ich direkt wieder in Gedanken bei Paula. Doch nur kurz, denn der Alte führte fort:

»Aber alle sind gleich viel wert, nur so erreicht man, dass das Ganze größer ist als die Summe seiner Teile. Und dieses größere Ganze zu finden, das ist jetzt eure Aufgabe, das bedeutet eure Reife, eure Blüte!«

Der Alte wusste genau, dass es so kommen wird und sagte, dass wir gerade eine kollektive Pubertät durchleben. Dass wir alle ein bisschen kirre im Kopf und verloren im Herzen sind. Dass das eine gefährliche Zeit ist. Dort wacht man auf und reift. Oder man verunglückt und stirbt. Die Menschheit ist noch ganz am Anfang …

Ich weiß noch, wie ich einfach nur zuhörte, und ehrlich gesagt nicht so ganz viel verstanden hatte. Was auch immer, der Alte ließ mir auch nicht viel Zeit zum Nachdenken. Nacharbeiten konnte ich dann später zu Hause, und zwar jetzt, wo ich das hier alles aufschreibe.

Diese Begegnung war an sich schon komisch, aber dass der Alte ständig orakelte und so Kluges und Weises von sich gab, war schon wieder drollig. Besonders für all die Leute, die mich kennen. Die wissen nämlich, dass ich von diesem Scheiß nicht viel halte. Trotzdem muss ich zugeben, dass ich an seinen Worten klebte. Waren es die Gedankenbilder, die der Alte nutzte, oder war es seine gelassene Art? Es war deutlich, dass der Alte mir nichts verkaufen wollte, also aufschwätzen. Es war eher so, als ob er sich die ganze Zeit erinnern würde. Auf jeden Fall wusste er, wovon er redete, und seine Überzeugung steckte mich an.

Zum ersten Mal, dass ich bei solchen Gesprächen nicht direkt weggezappt habe oder das Buch aus der Hand gelegt. Nein, ich blieb am Ball. Und es lag nicht nur daran, weil ich hier irgendwo auf der Alm dem Alten ausgeliefert war. Es war der sanfte Wind zwischen den Gräsern, der auch irgendwie meine Zirbeldrüse erreichte.

»Das ist ein kleines, zapfenförmiges Organ und sitzt zwischen den beiden Hirnhälften genau hier.«

Zum ersten Mal berührte mich der Alte. Er legte seine Zeigefingerspitze auf meine Stirn, genau in der Mitte, dort wo das dritte Auge ist, und drückte sanft. Mir war als eine Ladung Energie mich getroffen hatte. Ich zuckte kurz, bin aber nicht ausgewichen, noch immer drückte sein Finger auf meiner Stirn und ich mochte das Gefühl. Nach einem Moment nahm er seine Hand zurück.

»Hast du es gespürt?«

Ich nickte.

»Dann besteht noch Hoffnung.«

Der Alte erklärte mir, dass die Zirbeldrüse unser Portal zum Jenseits ist, unsere Verbindung zur spirituellen Welt.

»Und darum wird alles unternommen, um dieses Organ bei euch zu beschädigen. Denn funktioniert es nicht, dann ist der innere Kompass kaputt, und ihr seid auf Führung angewiesen und wieder mal für die schlimmsten Verführungen prädestiniert, ergo missbrauchbar.«

Ich habe das ganze Konzept »dritte Auge« nie so ganz ernst genomen, sah das eher als eine buddhistische Wunschvorstellung. Aber nachdem der Alte mir davon erzählte, habe ich schon mal ein bisschen recherchiert. Und fand dann zu meiner Verblüffung heraus, dass eine Mischung aus Aluminium und Fluor die Zirbeldrüse am effektivsten zerstört.

Und das gibt dann schon zu bedenken, in wie vielen Produkten Aluminium vorkommt! In fast allen Deodorants und wer weiß, wo es sonst noch überall vorkommt. Und mit Fluor ist es noch krasser. Fluor ist Bestandteil der meisten Zahnpasten und wird sogar als gut-für-uns angepriesen! Dabei muss man nicht lange suchen, um zu erkennen, das Fluor ein Nervengift ist und von den Nazis in den Konzentrationslagern gezielt benutzt wurde, um die Insassen ruhigzustellen. Apathische, leere, starre Augen. Wer kennt die nicht? Und woran liegt das?

Damals hatte ich mir solche Fragen noch nicht gemacht. Seitdem ich dem Alten begegnet war, hat sich was bei mir in Bewegung gesetzt.

All die Dinge, die wir besprochen hatten, habe ich später zu Hause nochmal recherchiert. Und seitdem bin ich aktiver dabei, mir selbst die Infos zu suchen, mal selbst nachzudenken, und bei allem, was man uns so erzählt, nie vergessen zu fragen: wem nützt es?

Mir wurde dann bewusst, dass die Zirbeldrüse ein winziges Organ ist, aber daran hängen der ganze Körper und unser ganzes Leben!

Ich sagte mir: »Denk da mal drüber nach, Michel! Und nimm dir so viel Zeit, wie du brauchst.« Das sagte ich heute nochmal zu mir selbst, denn das

Perfide und Gemeine beim Angriff auf unsere Zirbeldrüse ist, dass es so schwer zu begreifen ist, weil nur die wenigsten wissen, was ihnen genommen wurde. Denn was man nicht kennt, vermisst man nicht.

Es reicht, dieses kleine Pünktchen an Gewebe zu manipulieren und es hat seine Auswirkungen auf unser ganzes Leben und vermutlich noch auf unsere Kinder und Enkel.

Ähnlich verhält es sich mit unserem Sexorgan, das Gewebe, das sich zur Klitoris oder Eichel formt. Auch nur ein winzig kleines Pünktchen am großen Körper, aber auch darüber sind wir kontrollierbar und steuerbar. Die Lust, die uns als Freiheit aufgedrängt wird, ist nichts anderes als eine Kette, an die man uns bindet.

Und all diese Dinge erkennt man schneller, wenn die Zirbeldrüse frei ist.

Mich erinnert das an die Geschichte von dem Elefanten, der von klein auf an einer Kette hängt. Als Baby konnte er sich von dieser Kette nicht befreien. Als er dann genug Kraft hatte, die Kette zu zerreißen, hatte er es gar nicht mehr versucht. Denn er glaubte zu wissen, dass er es nicht schafft.

Zwei Parallelen möchte ich ziehen: wir wurden von klein an konditioniert, unsere eigene Größe nicht zu erkennen. Und wir können unsere Größe erkennen, wenn wir verstehen, womit wir angekettet wurden.

Ein zu früh sexualisierter Schwanz und eine verstopfte Zirbeldrüse sind eine optimale Mischung für Unruhe, Ordo Ab Chao, Herrsche aus dem Chaos.

Ich habe sogar gelesen, dass jeder Mensch mit einer gesunden Zirbeldrüse die ganze kosmische Energie empfangen kann, die es braucht, um zu heilen.

Mit heiler Zirbeldrüse wäre nicht nur weniger Chaos in der Welt, sondern auch viel weniger Umsatz für die Pharmaindustrie. Nur durch Konflikt und Leid wird unser ganzes System zusammengehalten. Zum ersten Mal sah ich das deutlich. Mittlerweile höre auch ich, wie die globalen Schmerzen größer werden, die Schreie immer lauter.

Aber damals, als wir da oben auf der Anhöhe saßen und den Vögeln zuschauten, wunderte ich mich nur, wo das Beherrschen und Unterdrücken der Menschen überhaupt angefangen haben könnte und dachte sofort an die Kirche:

»Die Kirche war schuld!«

»Die Kirche war nicht schuld. Die Kirche ist nur ein Symptom.«

»Ein Symptom?«

»Schuld war das Ego. Der Mensch ist das einzige Lebewesen mit einem Ego. Die Geburtsstunde des Egos wird in der Bibel als Vertreibung aus dem Paradies beschrieben.«

Und dann holte er wieder aus. Diesmal fing er ganz vorne an. Beim Urknall. Er erzählte mir, wie zu Beginn alles Eins war, dann in Abermilliarden von Trilliarden Wirklichkeiten aufgesplittert ist. So wie ein Gefäß in tausend Scherben. Wo jede Scherbe, ob groß oder klein, denselben Ursprung hat. Dass jede Lebensform, ob hier oder dort, seine eigene Wirklichkeit hat. Und all die Wirklichkeiten stammen von der gleichen Wahrheit ab. Und richtet man seine Wirklichkeit nach der Wahrheit aus, dann läuft das Leben gut.

Doch zwischen Wirklichkeit und Wahrheit hat sich beim Mensch das Ego gestellt. Damit begann nicht nur ein Kampf gegen das eigene Leben und gegen Mutter Natur, damit begann auch der Machtmissbrauch.

Der Alte wurde kurz laut: »Meine Wirklichkeit ist die einzig richtige Wahrheit! Sieh es so wie ich es sehe, und du bist mein Freund. Doch siehst du die Dinge anderes, schon bist du auf der anderen Seite, und vielleicht sogar eine Bedrohung für mich und meine Perspektive. Es folgt dann der nächste Schritt: Kopf ab! Kennen wir, oder?«

Natürlich kannte ich das!

Der Alte erklärte mir dann, dass der Machtmissbrauch die innere Stimme kaputt gemacht hat. Und dass sich so eine kaputte innere Stimme sogar über Generationen vererbt. Dank der Epigenetik. Und schon wieder hatte ich ein neues Wort gelernt. Epigenetik. Woher hätte ich das auch wissen sollen?

Solche Begriffe braucht man nicht, wenn man Euros oder Dollars jongliert.

Aber ich will jetzt nicht abdriften, auch ich musste im Nachhinein einiges aufarbeiten und recherchieren, wichtig ist, dass ich mein Erlebnis mit dem Alten weitererzähle. Wir saßen immer noch auf der Bank und er sagte irgendwas wie:

»Mit dem Ego kam der Machtmissbrauch. Und bei den meisten wurde dann die eigene innere Stimme immer kleiner, immer schwächer, immer schwerer zu hören.«

Und ich dachte dann: Die Stimme in mir wurde umso leiser, je mehr ich hinnahm, was passierte.

Das war schon inspirierend, mit dem Alten zu reden. Solche Gespräche war ich in meinem Umfeld nicht gewohnt. Solche Gedanken hatte ich bisher noch nicht, und wenn, dann nicht bewusst. Gibt es eigentlich unbewusste Gedanken? Das hätte ich jetzt gerne den Alten gefragt, aber heute, wo ich meine Erinnerungen an diese Begegnung zusammenfasse, ist er leider nicht mehr da. Und es zwickt mich, dass ich auch heute nicht weiß, wer er war!

Aber zurück auf die Alm. Ich weiß noch wie inspiriert ich auf einmal war. Wie interessant ich das alles fand, und trotzdem oder erst recht musste ich ihm antworten: »Was nützen all die tollen Erkenntnisse, wenn alles nur schlimmer und schlimmer wird? Schau dich doch um, was in der Welt passiert!«

»Genau, alles wird schlimmer. Das Ego stößt jetzt an seine Grenzen. Das bedeutet den Wendepunkt. Komm, lass uns weitergehen.«

Wir erhoben uns. Mittlerweile stand die Sonne im Zenit und noch hatten wir ein Stück zu wandern. Meine Aktentasche schlug mit jedem Schritt gegen meine Hüfte. Meine Schulter tat mir weh und der Alte redete wie beseelt weiter:

»Diese Ruhe hier. Ist das nicht unglaublich?«

Ja, wäre sie, wenn der mal seine Klappe halten würde!

»In der Ruhe wird der Mensch seine innere Stimme wiederfinden ... und all die Hetzer, Verkäufer, Angstmacher, Geil- und Verrücktmacher fallen euch wie vergiftete Flöhe aus dem Pelz.«

»Das Zeug, was du da redest, ist so abstrakt!«

»Weil du es nicht abzählen und bilanzieren kannst?«

»Nein, weil ich es mir nicht vorstellen kann.«

»Ihr steht vor einem riesigen Bewusstseinssprung! Freut euch! Ein goldenes Zeitalter nimmt gerade durch euch hier auf Erden Gestalt an.«

»Fantast! Im besten Fall stehen wir vor einer Apokalypse!«

»Du gehörst wohl zu denen, die vor hundertdreißig Jahren geglaubt hatten, dass das Verkehrswesen im Pferdemist versinken wird. Stimmt's?«

»Was weißt du schon von der Zukunft?«

Der Alte blieb stehen und schaute mich eindringlich an.

»Was ich von der Zukunft weiß? Soll ich es dir sagen?«

Er wartete auf keine Antwort:

»In der Zukunft gibt es Techniken, die ihr euch heute ... na ja ... vielleicht ansatzweise vorstellen könnt. Was ihr euch aber nicht vorstellen könnt, ist, dass diese Techniken nicht mehr zum Kontrollieren, Unterdrücken und Vernichten eingesetzt werden, sondern nur noch zum Helfen und Heilen.«

»Voilà! Wo hast du denn das her? Aus dem Internet?«

Der Alte lachte. »Es ist tatsächlich so, dass das Erwachen dank des Internets angefangen hatte. Zum ersten Mal konnten Menschen Erfahrungen direkt miteinander austauschen ohne dass eine Autorität entschieden hat, was erzählt wird und was nicht. Immer mehr Menschen fingen an, selbst zu recherchieren, selbst zu denken. Das Internet spielte eine sehr große Rolle in eurer Befreiung.«

»Im Internet findet man nur Porno oder utopisches Geschwätz! Ich kenne mich aus. Ich kenne die Wirtschafts-Analysen zu den Ölreserven und Wasservorräten. Es sieht schlimm aus! Am Ende wird nur für wenige etwas übrig bleiben.«

»Sprach das Ego. Den Mangel gab es mal. Aber heute ist der Mangel nicht mehr nötig. Dank der Technik. Doch Mangel wird bei euch heute als Angst-Fiktion lebendig gehalten. Damit werdet ihr geschickt gesteuert und unterdrückt. Erkennst du das echt nicht?«

Nein, erkannte ich nicht. Aber ich spürte ihn, den Mangel. In der Liebe schon lange, und jetzt im Magen. Der knurrte. Den ganzen Vormittag schwer am Wandern, jetzt machte sich das bemerkbar. Mein Mangel.

»Wo wir gerade vom Mangel reden. Ich habe Hunger.« Hinten am Horizont war ein Bauernhof. »Vielleicht finden wir da was zum Futtern!«

Der Alte legte seinen Arm über meine Schulter, knuffte mich ein wenig und meinte: »Sag mal, bist du echt so simpel gestrickt?«

Was hätte ich ihm darauf sagen sollen?

Kapitel 10
Vater

Wir hatten Glück, der Bauernhof war auf Besuch von Wanderern vorbereitet. Man konnte nicht groß wählen, aber das spielte keine Rolle. Denn es gab eine äußerst schmackhafte Bohnensuppe, dazu ofenfrisches Brot.

Wir saßen auf rustikalen Holzschemeln an einem rustikalen Holztisch, und das Beste: im Freien! Um uns herum liefen Hühner, die Katze, der Hofhund ...

Betrieben wurde der Hof, oder zumindest die Hofküche, von einer strammen Bäuerin, die kräftigere Oberarme hatte als ich, sonst eine sehr schöne Frau war. Es gab nicht einmal einen angeschriebenen Preis, man zahlte nach gutem Gewissen und Gefallen. Und uns gefiel die Suppe sehr. Und dazu das kalte Bier. Das war der erste Höhepunkt des Tages. Wegen dieser köstlichen Suppe würde ich mir den ganzen Wanderstress nochmal antun. Der Alte lud mich ein. Er zahlte großzügig. Dann ließ er sein Portemonnaie auf dem Tisch liegen. Was mir sofort auffiel, aber dazu komme ich noch.

Während des Essens wollte er wissen, woher ich Paula kenne. Ich erzählte ihm dann von meiner Zeit als Lehrling am Eibsee Hotel. Zusammen mit Tom. Ich erzählte ihm von unserer Skileidenschaft, und dass es am Wochenende im Lerchenhof Tanzpartys gab. Und dort lernte ich sie kennen. Am Zigarettenautomat.

»Hast du sie geliebt?«

»Ja! Sehr. Doch ich war noch so jung. Erst heute weiß ich, bei ihr konnte ich sein, wie ich bin. Sie nahm mich, wie ich war. Bei ihr musste ich mich weder verstellen noch unterdrücken.«

»Wenn dir so etwas passiert, das ist ein großes Geschenk!« Der Alte überlegte einen Moment, dann wollte er wissen, wieso wir nicht zusammen geblieben waren.

Ja, wieso eigentlich nicht?

Ich stammelte dann unbeholfen eine Antwort, selbst noch auf der Suche nach einer: »Ich war einfach noch zu jung, ich wollte die Welt noch erobern. Außerdem, sie war mir vielleicht nicht solide genug ... von so einfacher Herkunft. Sie hatte einen Ruf hier im Dorf. Und das störte mich schon ein bisschen.«

»Ja ja, die Lippen, die unser Kind küssen, sollen reinlich und sauber sein. Tja. Und jetzt hast du den Schlamassel!«

Dann erhob er sich und verabschiedete sich Richtung Toilette. »Ich geh mal dorthin, wo der Kaiser zu Fuß hingeht«, sagte er und verschwand im Bauernhof. Ich schaute ihm hinterher.

Sein Portemonnaie lag nach wie vor direkt vor mir. Ich fragte mich, ob er das mit Absicht getan hat. Denn er wusste genau wie neugierig ich war, etwas über ihn zu erfahren. Ich musste nur meinen Arm ausstrecken, aber erstmal wartete ich, ob jemand kam.

Es blieb ruhig bei mir da draußen am Tisch, niemand schaute vorbei. An den Moment kann ich mich genauestens erinnern. Denn Rumschnüffeln und solche Sachen liegen mir gar nicht. Aber jetzt war meine Chance gekommen! Ich schielte noch einmal zum Hauseingang, und schwupp, schon hatte ich das Portemonnaie in der Hand und durchfingerte es hastig.

Es gab ein paar Münzen, diverse Euroscheine, es waren weniger als zweihundert Euro. Dann fand ich ein schwarzsilbernes Plättchen, halb so groß wie eine Visitenkarte und unbeschriftet. Ich schaute es mir genauer an und konnte nicht einmal sagen, aus welchem Material es war. So etwas hatte ich noch nie gesehen. Ich steckte es wieder zurück. Der Alte hatte keinen Ausweis dabei, keine Kreditkarte, keinen Führerschein, nichts was einen Namen zeigen würde.

Dann fand ich in einem Seitenfach ein altes, vergilbtes, abgegriffenes Foto. Auf den ersten Blick sah man einen Astronauten, auf dem zweiten Blick sah man, dass dies ein Kind war, das auf einem alten Jahrmarkts-Karussell sitzt und direkt in die Kamera schaut. Aber das Gesicht erkennt man nicht, denn die Umrisse des Fotografen reflektieren sich im Gesichtsfenster des Helms.

Ich studierte emsig dieses Foto, mit der Hoffnung Hinweise zu finden, als ich direkt hinter mir die Stimme von dem Alten vernahm:

»Das bin ich mit sechs Jahren. Die Reflexion im Helm, das ist mein Vater.«

Ich erschrak. Peinlich ertappt fühlte ich mich, mit meinen Fingern in seinen Sachen, aber dem Alten schien das egal zu sein. Heute, wo ich das alles hier aufschreibe, erhärtet sich nur mein Verdacht, dass er mit Absicht sein Portemonnaie liegen ließ, damit ich dieses Foto finden konnte, denn sonst war ja nichts drin in dem Portemonnaie. Aber wieso?

Nie werde ich die traurige Geschichte von seinem Vater vergessen, die er mir dann erzählte. Und wie schlimm muss es sein, wenn diese Geschichte nicht ein Hörensagen ist, sondern das eigene Leben war.

Der Alte erzählte, dass er sich an seine Mutter nicht mehr erinnere. Sie ist gestorben als er gerade zwei war. Er war seit frühster Kindheit bei Zieheltern, wusste trotzdem genau, wer sein Vater war, denn der kam ihn alle paar Wochen für einen Tag besuchen.

Der Alte hatte nur gute Erinnerungen an seinen Vater. Mit ihm unternahm er immer tolle Sachen und am Ende erzählte er jedes Mal, dass er nun wieder weg musste, zu einer spannenden Reise, wo das nächste große Abenteuer auf ihn wartete ... und dann dauerte es wieder Wochen bis der Vater aufs neue aufkreuzte und ihn bei seinen Pflegeeltern für den sehnlich erwarteten Tagesausflug abholte.

Meistens ging er dann mit seinem Vater in den Zoo oder zum Tretbootfahren an den See. Der Ausflug mit dem Bötchen hatte dem kleinen Toni besser gefallen, denn hier konnte er mit seinem Vater alleine sein. Und der hatte immer etwas Leckeres zu Essen dabei.

Da draußen auf dem See erzählte er seinem Sohn die spannendsten, frisch erlebten Abenteuer, die der kleine Junge gierig aufsaugte. Klar, welcher Sohn interessiert sich nicht für seinen Vater, besonders dann, wenn man ihn so selten sieht.

»Und so vergingen zehn Jahre. Als ich zwölf wurde, erfuhr ich dann die Wahrheit über meinen Vater.« Der Alte hielt inne, Tränen füllten seine Augen, er schluckte bevor er fortführte:

»Vielleicht besser so ... so zerbrach nicht mein Herz in frühster Kindheit. So hatte ich Zeit, stärker zu werden für mein bitteres Erbe.«

»Was bitte ist passiert?«, wollte ich wissen.

»Mein Vater musste nicht wieder weg, weil das nächste spannende Abenteuer auf ihn wartete, er musste wieder weg, weil sein Freigang zu Ende war und er zurück in seine Gefängniszelle musste.«

»Wieso denn das?«

»Mein Vater hat meine Mutter betrogen ...«

»Aber das ist doch kein Grund!«, schoss ich dazwischen. Der Gedanke, meine scheintote Frau endlich mal zu betrügen, verfolgte mich schon so lange, so etwas darf kein Grund sein, in den Knast zu gehen! Wie schnell man sich doch selbst wiederfinden kann in Begebenheiten, die andere verbockt haben. Ich hatte den Seitensprung seines Vaters vehement verteidigt und hätte spätestens in diesem Moment den Entschluss gefasst, endlich mal eine andere Frau »kennenzulernen«, wenn ich nicht schon längst auf dem Weg zu Paula gewesen wäre.

Paula ich komme!

Mann, was war ich kirre. Schon seit Tagen und jetzt noch diese krasse Geschichte! Musste das sein? Ich sehe nicht gerne alte Männer weinen. Aber auch jetzt noch – geschätzte siebzig Jahre später! – weinte er, als er mir erzählte, wie der Seitensprung aufflog, daraus entstand eine hitzige Diskussion …

»… und am Ende hat er meine Mutter erschossen, und, weil es dumm gelaufen ist, meine Großeltern auch noch!«

Mir lief es eiskalt den Rücken runter, zu gut konnte ich das nachfühlen. Er sprach da Dinge an, wo ich mit meinen Gedanken nicht hin will, und falls ich dort war, will ich es nicht zugeben. Denn die Verzweiflung ist feige.

Ich hörte ihn dann noch den Tathergang beschreiben, aber ertrug es nur mit geschlossenen Augen. Irgendwann, mitten im Streit, kam der Schwiegervater von der Jagd heim, er trug sein Gewehr über der Schulter, Alkohol war im Spiel, es gab ein Gerangel …

»Vater wollte niemanden töten. Es war ein Unfall, alles nur ein schlechtes Timing! Mein Vater ist kein Mörder!« Der Alte schaute mich verzweifelt an, als ob ich ihm Antwort oder Trost geben könnte.

Wieso erzählte er ausgerechnet mir sein Kindheitsdrama? Das Einzige, was mir einfiel zu sagen, war: »Und du? Wo warst du als das geschah?«

Doch der Alte war noch nicht fertig:

»Mein Vater lebte nur noch in Reue und hatte nur den einzigen Wunsch, dass er mit seinem Sohn Kontakt behalten durfte. Er war ein so liebevoller, guter Vater. Den Besten, den ein Junge sich wünschen konnte.«

Dann schaute er mich lange mit nassen Augen an. Mir fiel nichts anderes ein als meine Frage zu wiederholen:

»Aber wo warst denn du?«

»Ich weiß nicht mehr. Nicht zu Hause. Vermutlich mit der Babysitterin im Zoo. Auf einmal wohnte ich bei Pflegeeltern. Bei einem Freund von meinem Vater und seiner Frau, sie waren selber kinderlos. Die haben mich gut behandelt, dort bin ich aufgewachsen, aber immer mit dem Wissen, wer mein echter Vater war. Mein Vater wurde mir nie vorenthalten.«

Der Alte schluchzte laut und ich dachte: Mann! Was hat der seinen Alten geliebt! Kann ich von mir nicht behaupten …

Mit seiner Lebensbeichte hatte ich nicht gerechnet. Um ehrlich zu sein, fühlte ich mich überfahren von dem Alten. Wenn es nach mir gegangen wäre ... ich hätte das alles nicht zu wissen brauchen.

Auf der anderen Seite wunderte mich, wie viel Vertrauen zwischen uns beiden entstanden war. Es war, als sei ein Damm gebrochen und nun konnten wir reden, und zwar so, als ob wir uns schon immer kennen würden.

Und je länger ich seiner schrecklichen Geschichte folgte, umso größer wurde in mir das Bedürfnis, ihn zu umarmen und tröstend an meine Brust zu pressen. Aber wo kämen wir dann hin? Lass mal gut sein ...

Nachdem Toni zehn Jahre in der Illusion lebte, dass sein Vater in fernen Ländern große Abenteuer zu bewältigen hatte, bekam er im zwölften Lebensjahr einen neunen Schulkameraden und Freund, und dessen Vater war Gefängniswärter, und dessen Vater hatte sich mit seinem Vater angefreundet, offenbar spielten die beiden zusammen Schach.

Der kleine Toni wollte das nicht glauben und schließlich raffte er sich auf, alleine in die Haftanstalt zu gehen. Zu seinem Leid fand er seinen

Vater tatsächlich dort. Die Begegnung war herzzerreißend. Der Vater erzählte ihm dann alles. Danach hatte er nur noch weinend seinem Sohn im Arm gelegen und um Verzeihung gebeten.

Verzeihung für die Morde! Verzeihung für die Lügen! Verzeihung für seine Feigheit!

Als der Alte mir das erzählte, lief es mir eiskalt den Rücken runter.

»Mein Vater ist kein Mörder! Das war ein Unfall!«, der Alte war sich ganz sicher.

»Ich habe ihn in dem Moment mehr geliebt als je zuvor. Er hatte mich nie belogen! Er hat mir nur die Chance gegeben, ihn kennenzulernen ohne diesen grausamen Ballast. Und das war richtig so. Nur so konnte ich wenigstens eine gesunde und unbeschwerte Frühkindheit erleben. Er hat mir geholfen mit seinen erfundenen Abenteuergeschichten, das hatte ich direkt verstanden. Wir lagen uns weinend in den Armen. Dann war die Besuchszeit vorbei, wir wurden getrennt. Ich ging nach Hause. Mir war klar, ich würde nun alles tun, damit dieser dunkle Fleck in Vaters Vergangenheit sich auflöst, dass das Herz meines Vaters wieder frei und glücklich wird. Das sollte von da an mein ganzes Streben sein.«

Toni wischte sich die Tränen ab und sagte einen langen Moment gar nichts. Und ich hatte nicht einmal versucht, darauf etwas zu sagen. Ich schaute ihn nur baff an. Was für eine Scheißjugend hatte der arme Kerl.

Das Gesicht des Alten füllte sich wieder mit Zuversicht und Gelassenheit. Er grinste mich an: »Weißt du was, Michel?«

»Was?«

»Es ist getan.«

»Was?«

»Das, was ich mir vorgenommen habe. Mit meinem Vater. Er ist frei.«

»Wie das?«

Der Alte lächelte dankbar und sagte: »Er ist gestorben. Nachdem wir uns ausgesprochen hatten, vier Tage später starb er plötzlich und unvorhergesehen … es war so, als hätte er es nicht ertragen, mir noch einmal zu begegnen, jetzt wo alles gesagt war.«

»Schrecklich!«, fuhr es aus mir raus.

»Nicht mehr.«

Der Alte schaute in den Himmel, so als ob er eine Seele sucht.

»Nun hat er Frieden.«

Damit war unsere Jause beim Gasthof zu Ende. Als wir aufstanden, murmelte Toni, dass sein Vater leider ein echter Feigling war.

»Er hätte nur reinen Tisch machen müssen und sein Leben wäre dann ganz anders verlaufen!«

Kapitel 11
Fragen über Fragen

Direkt nach dem Essen mühten wir uns einen schmalen Bergpfad hinauf. Ich war wieder am Stöhnen und Jammern:

»Hätte ich gewusst, dass das eine Bergtour wird, hätte ich mich anders ausgerüstet.«

Der Alte lächelte zufrieden.

»Erstens kommt es anders, zweitens als man denkt. Und in deinem Fall ist es ein Segen.«

Manchmal redete er wie ein Guru. Und vielleicht war er gar ein Heiliger! Denn was in der nächsten Stunde, oder anderthalb, passieren sollte, erschien mir wie ein Test oder eine Prüfung an der Himmelspforte.

Sankt Petrus stellt dem Neuankömmling die Fragen, entweder wird man vorgelassen, oder man wird nochmal zum Lernen weggeschickt, oder man wird sofort in die Hölle gestoßen. Jetzt rückblickend kam es mir vor, als ob ich in die Hölle gestoßen wurde. Auf dem Höhepunkt meiner damaligen Orientierungslosigkeit und Ignoranz hatte der Alte mich plötzlich verlassen. Was für ein Schock das war! Aber dazu komme ich noch.

Wie genau trug sich das noch zu? Wie war das? Ich versuche, es nun aufzuzeichnen, denn es zu glauben, fällt schwer. Auch mir noch heute, wo ich mir endlich die Zeit nehme, alles festzuhalten.

Wir hatten immer noch ein gutes Stück zu wandern, es ging immer noch bergauf, aber nicht mehr so steil. Wir redeten, das heißt: er stellte mir Fragen. Eine nach der anderen. Es war wie bei einem Verhör!

Währenddessen wurde um uns herum alles energetisch geladener, Windböen raschelten im Gestrüpp und der Pfad, auf dem wir gingen, wurde immer schmaler. Zumindest war das so in meiner Empfindung und Erinnerung. Denn an das, was nun kam, musste ich später noch oft denken. An die Fragen des Alten und an das abrupte Ende ...

Aber von vorne bitte. Der Alte sagte mir, dass wir bald an unserem Ziel sein werden, und vorher möchte er unbedingt von mir noch ein paar Dinge wissen. Im Nachhinein ist mir klar geworden, dass er von mir nichts Neues wissen wollte, er wollte nur wissen, wie viel ich schon wusste. Er hatte mich die ganze Zeit getestet. So war's! Und lachen musste ich bei seiner ersten Frage:

»Wieviel ist zwei plus zwei?«

»Vier.«

»Richtig!«

»Das war schwer.«

»Du wirst dich wundern, für wie viele heutzutage zwei plus zwei gleich fünf sind. Und solche Leute finden immer eine Erklärung, wieso es fünf sind. Ihr lebt in der Zeit der systematisch geplanten und durchgeführten Verwirrung und Verdummung. Ihr wurdet von Geburt an konsequent belogen, das heißt von der Wahrheit entfernt. Und das Beste: da ihr nichts anderes kennengelernt habt, verteidigt ihr all diese Lügen noch freiwillig!

Jeder, der die Lügen, mit denen man euch und die ganze Gesellschaft einsperrt, in Frage stellt, wird von euch gebissen, getreten und gekratzt.«

Ich hatte schon eine Ahnung, was er meinte. Auch wenn ich damals noch in vielen Dingen die Lüge nicht erkennen wollte.

Sind wir nicht alle von Natur aus gutgläubig? Was man hört, glaubt man. Es sei denn, es wird dann später widerlegt. Und wenn es widerlegt wurde, dann ist es immer noch schwer, den Ursprungsglauben wieder loszuwerden.

Und wie oft ist der Ursprungsglaube ein Irrglaube?

Zu erkennen, wieso für manche zwei plus zwei gleich fünf sind, das lindert schon die Verwirrung und ist ein wesentlicher Schritt auf die Wahrheit zu.

So ähnlich hatte es der Alte formuliert.

Und erst heute beim Aufschreiben merke ich, wie Recht er hatte. Damals ließ er mir keine Zeit zum Verdauen, schon kam die zweite Frage:

»Was sind apokryphe Texte?«

Auch davon hatte ein BWL-Student nie etwas gehört. Gesetzestexte kannte ich, aber keine Apokryphen.

»Was ist das?«

»Das sind heilige Schriften, die uns vorenthalten wurden. Texte, die aus der Bibel entfernt wurden. Es gibt so einige. Doch es gibt einen ganz besonderen, kleinen Text, mutwillig vor uns versteckt, und wenn wir das gewusst hätten, wäre so einiges ganz anders verlaufen.«

»Was wurde uns vorenthalten?«

»Ihr habt gelernt, dass ihr in einer vierdimensionalen Welt lebt. In der euch bekannten Schöpfungsgeschichte (Kapitel 1, Vers 5) steht geschrieben:

Eine Tiefe des Anfangs, eine Tiefe des Endes.
Eine Tiefe des Himmels, eine Tiefe der Erde.
Eine Tiefe des Ostens, eine Tiefe des Westens.
Eine Tiefe des Nordens, eine Tiefe des Südens.«
Das erkannte ich!

»Ja, das sind die drei räumlichen Dimensionen und die Zeit.«

»Aber im apokryphen Text ist noch von einer fünften Dimension die Rede: Eine Tiefe des Guten, eine Tiefe des Bösen. Was wird das wohl sein?

Jede Dimension ist durch ein Messgerät definierbar. Die Fünfte nicht. Aber die Fünfte, so sagt der uns vorenthaltene Text, beinhaltet alle anderen Dimensionen, da die Entfernung zwischen Gut und Böse die größte Entfernung auf Erden ist.

Und nur wir alleine können diese große Distanz zwischen Gut und Böse überwinden. Die fünfte Dimension funktioniert wie ein Instrument: wir können auf ihr gute Töne oder schlechte spielen. Wie du in den Wald rufst, schallt es zurück.«

»Karma is a bitch!«, wusste ich. Dann fragte ich: »Und wieso hat man an der Bibel rumgeschnibbelt?«

»Wer die fünfte Dimension nicht erkennt oder von ihr nichts weiß, weiß auch nichts von seiner Verantwortung. Er spielt dann nicht, sondern wird gespielt. Und so weiß er nichts von seiner eignen, angeborenen Macht. Und so wurde sie euch genommen und gegen euch verwendet.

Totale Macht bekamen die Herrscher über euch, weil es ihnen gelang, für euch zu bestimmen, was geht und was nicht geht. Von Anfang an haben sie euch erklärt, wie diese Welt funktioniert. Und sie unterdrückten jede Form der Inspiration, damit ihr bloß nicht selbst denkt oder selbst experimentiert. Deswegen apokryphe Texte, deswegen verbotene Bücher. Die am wenigsten wissen, gehorchen am besten. So wurdet ihr manipulierbar, verführbar und damit regierbar.«

Er tippte mir wieder auf die Stirne. »Denk an die Zirbeldrüse! Erkennst du nun, dass man euch berauben will?«

Auch das erkannte ich nicht sofort. Obwohl ich die Wahrheit in seinen Worten schon spüren konnte.

Frage Nummer drei kam direkt im Anschluss: »Was ist der Unterschied zwischen Religion und Spiritualität?«

Endlich wusste ich eine Antwort: »Bei Religion denke ich an Kirchen, heilige Schriften und Weihrauch. Bei Spiritualität denke ich an Räucherstäbchen, Esoterik Messen und Tantra-Sex. Gut so?«

Der Alte lachte.

»Nicht schlecht. Religion ist das Studium von dem, was jemand anders gefühlt und erfahren hat. Spiritualität ist, was du selbst fühlst und erfährst.«

Der Alte tippte auf mein Herz:

»Es geht ausschließlich hier drum! Um dein Herz. Dein Herz umfasst alles. Mit dem ersten Herzschlag beginnt dein Leben, mit dem letzten hört es auf. Dein Herz ist deine Schnittstelle zur fünften Dimension. Dein Herz ist die Brücke zur Quelle, von der wir alle kommen. Dein Herz ist der Schlüssel zur Wahrheit.«

Wochen später, in der Zeit, in der ich meinen Nachholbedarf stillen musste, die Gespräche mit dem Alten waren nur ein inspirierender Auftakt, mich selbstständig auf die Suche nach Informationen zu begeben, stolperte ich über eine Statistik, die zeigte, dass überdurchschnittlich viele Menschen, die in höchsten Führungsebenen sind, nur noch ein künstliches Herz haben. Von einer Maschine am Leben gehalten werden! Joseph Ackermann, der damalige Chef der Deutschen Bank, war nur eins von vielen Beispielen. Wieso erwähne ich das? Weil es ins Bild passt.

Und da waren wir bei der nächsten Frage: »Was ist Geld?«

Ich hoffte, er würde mich das nicht fragen, denn als Finanz-Experte lebte ich in der chronischen Schizophrenie zwischen beharrlich ignoriertem

Durchblick und völlig blinder Hingabe an den größten Schwindel aller Zeiten. Geld ist eine digitale Blase, ein mentaler Furz, ein psychologisches Phänomen. Die neue Religion. Geld ist der Vampir, der den Planeten leer saugt. Geld ist eine Droge. Geld ist Macht. Geld ist geil. Aber woher es kam, dieser Frage bin ich immer geschickt aus dem Weg gegangen.

Ich weiß zwar, wie Finanzmärkte funktionieren, ich weiß, wie man Zinsen rechnet, ich weiß, wie man Gewinne von Verlusten unterscheidet. Ich war immer am Puls des Marktes und konnte oft sehen, welche Investitionen sich lohnten und von welchen man besser Abstand nahm. Ich weiß, wie man einen Fond bewegt, ich steuerte ihn wie ein Schiff durch das aufgewühlte Meer, immer knapp am Kliff des Bankrotts vorbei, auf der Suche nach immer neuen Gewinnen.

All das kannte ich. Und ich weiß, wenn die Travesia mir gelungen war, wie viel davon für mich und unsere Bank übrig blieb. Aber wo das ganze Geldmeer, in dem wir schwammen, herkam, wusste ich bis dato nicht. Aber das fand ich heraus, erst später. Erst nach all den Fragen, die der Alte mir stellte.

Damals hatte ich mich sogar noch gefreut, dass das Geld immer digitaler wurde, nicht mehr gedruckt werden musste. Ich fand das zunächst praktisch und nützlich. War sowieso müßig, immer daran denken zu müssen, sich Bargeld zu besorgen. Und Bargeld kann geklaut werden! Mit dem Kärtchen zahlen, war doch deutlich einfacher.

Dass jetzt Bargeld ganz abgeschafft werden soll, eine beschlossene Tatsache, von der die Öffentlichkeit so gut wie nichts weiß und von der meine Kollegen in den hohen Etagen kaum sprechen, gab mir schon zu bedenken. Und jetzt das Gespräch mit dem Alten ließ mich dann die Materie tiefer studieren, und ich lernte, wo das Geldmeer herkommt, in dem die ganze Wirtschaft schwimmt.

Der tote Fisch stinkt vom Kopf. Oder: der Kopf unserer Pyramide ist ein toter Fisch.

Geld ist durch nichts mehr gestützt. Nur noch auf »Vertrauen« aufgebaut. Und dieses »Vertrauen« wird durch Gewalt aufrecht gehalten. Und die, die in den Computer die nächsten hundert Millionen eintippen dürfen, damit man sie dann gegen Zins und Zinseszins »verleiht«, die haben die totale Macht über den ganzen Planeten. Das ist keine Verschwörungstheorie. Das ist eine Milchmädchenrechnung. Es ist Mathematik. Der Schweizer James B. Glattfelder hat es aufgeschlüsselt. Achtzig Prozent des Geldes im (weltweiten) Umlauf kommt aus ein und derselben Gießkanne. Das Netz der ganzen finanziellen Verflechtungen hat ein Zentrum. Und wer ist das wohl?

Es bestürzte mich, dass ich weder in meinem Studium, noch in meiner anschließenden Karriere jemals so weit und tief blicken konnte/durfte, wie ich es gerade mit dem Alten erleben musste/durfte. Es dauerte noch Wochen, bis aus dem Musste ein Durfte wurde. Eine alte eingerostete Türe öffnet sich nicht so schnell. Erst später schaute ich genauer hin und sah, wovon er sprach. Und mir wurde dann auch klar, wieso da keiner drüber sprechen sollte.

Und damit stellte er mir die nächste Frage: »Wieso haben wir keinen Frieden auf der Welt?«

Und diese Frage war nur der Auftakt zu weiteren Fragen, und damit waren wir in der Königsklasse der Fragen angekommen. Bisher konnte ich dem Alten folgen, aber jetzt, mit einem Mal, wollte ich es nicht mehr hören. Es wurde mir zu konkret, denn das waren alles Angstthemen. All das, was er mir dann sagte, wollte und konnte ich zunächst nicht glauben. Ich habe es im Reflex von mir gewiesen, aber auch hier hat die Zeit dem Alten Recht gegeben. Leider.

Auch wenn die Deutungshoheit, und damit meine ich unsere Regierenden und ihre Medien, das noch nicht zugeben, aber die Wahrheit lässt sich nicht mehr unterdrücken. Immer mehr Menschen wissen es, wenn sie nur den Mut haben, sich damit zu beschäftigen.

Toni fragte mich, was am 9. September 2001 passierte. Schnell hatte der Alte gemerkt, dass ich nur die offizielle Geschichte kannte. Die Geschichte von Osama bin Laden und wie seine fanatischen Männer vier Flugzeuge entführt hatten. Ich wusste, dass eins dieser Flugzeuge wie eine Rakete in das Pentagon geschossen war, und eins über einer Wiese abstürzte, offenbar sollte das ins Weiße Haus fliegen, aber ein mutiger Passagier konnte das verhindern, oder wie war das noch?

Ja und selbstverständlich konnte ich mich genau erinnern, wie mit den beiden anderen Flugzeugen World Trade Center 1 + 2 zum Einsturz gebracht wurden. Die Kraft dieser Bilder hatte den ganzen Globus erschüttert.

»Weißt du von dem dritten Gebäude, von WTC 7?«

Nein, wusste ich nicht.

Und dann erklärte er mir, dass sich an jenem Tag noch ein dritter Wolkenkratzer zu Feinstaub aufgelöst hatte, offizielle Erklärung war Büromöbelfeuer.

Das muss dann auch so sein!

Ich weiß noch genau, wie mir Büromöbelfeuer plausibel vorkam, und sagte im Reflex:

»Ja! Büromöbelfeuer sind schon extrem gefährlich.«

»Was bist du für eine denkfaule Schnarchbacke!«

Recht hatte er, denn mittlerweile weiß ich so einiges mehr. Zum Beispiel, dass beim Pentagon und auf jener Wiese gar keine Flugzeugtrümmer gefunden wurden. Die ganze Masse, das ganze Material, was ein Flugzeug ausmacht, war verschwunden! In beiden Fällen.

Später entdeckte ich sogar die Aufnahme einer Überwachungskamera vor dem Pentagon. Dort sieht man genau, wie fast auf Bodenhöhe etwas Kleines in das Gebäude fliegt und explodiert. Und das war viel zu klein, um eine Passagiermaschine gewesen zu sein, so wie man es uns vom ersten Tag an weißmachen wollte.

Doch zunächst stellte der Alte einem überrumpelten Mir eine Frage nach der anderen, offenbar suchten alle ein und dieselbe Antwort: »Was erzählen uns die Medien? Und was passierte wirklich? Wem gehören die Medien? Wer schrieb unsere Geschichtsbücher? Und was geschah wirklich? Wer hat die United Nations gegründet? Wer hat die World Health Organisation gegründet? Wer kontrolliert die Energiewirtschaft, die Pharmaindustrie, die Medien, unsere Bildung und natürlich unsere Nahrung?«

Es liegt auf der Hand und trotzdem will es keiner wissen. Wirklich alles wird von den paar Leuten kontrolliert, die unser Geld kontrollieren.

Und seine Fragen wurden immer unangenehmer: »Wieso pumpt man Chemie in eure Nahrung, ins Wasser und in eure Luft? Wieso werdet ihr immer kranker? Geschieht das mit Absicht? Gibt es da einen Plan? Oder seid ihr einfach nur blöd?«

Ich kann nur jedem dringlichst empfehlen, sich selbstständig auf die Suche nach den Antworten zu begeben. Unser Überleben wird davon abhängen!

Aber in dem Moment wollte ich es absolut nicht hören und verstand, dass die Leute es auch nicht hören wollten. Jetzt kamen wir in einen Bereich, wo ich wie ein Eloi in dem Filmklassiker

DIE ZEITMASCHINE reagiert habe. Und wieso habe ich so reagiert?

Heute weiß ich, dass wir darauf hin gezüchtet wurden, so zu reagieren. Nämlich gar nicht. Genau wie die Eloi.

In dem Film sah man in einer fernen Zukunft eine menschliche Rasse, die Eloi. Sie waren alle hübsch, gesund, jung. Sie vergnügten sich den ganzen Tag auf einer Wiese am Fluss. Es schien alles so paradiesisch. Sie hatten Unterkunft, Nahrung und Kleidung. Und sie hatten keine Sorgen. Und sie hatten keine Ambitionen, keine Wünsche, keinen Willen, keine Ziele, keine Empathie.

Wenn einer von ihnen in den Fluss fiel und ertrank, kam niemand zur Hilfe. Sie schauten alle nur stumm zu. Hätten sie Smartphones gehabt, sicher hätten sie Fotos von dem Ertrinkenden gemacht.

Kommt uns das bekannt vor?

Mir – mittlerweile – schon.

Der Protagonist kam mit seiner Zeitmaschine vom Ende des 19. Jahrhunderts, da wurde auch diese prophezeiende Geschichte von H.G. Wells geschrieben. Der Protagonist war von dem humanitären Wunsch getrieben, die Eloi zu wecken.

Er wollte, dass sie endlich erwachen, dass sie bitte anfangen, sich ihrer menschlichen Fähigkeiten (wieder) bewusst zu werden. Dass sie sich erinnern, von wo sie kommen, von wem sie sind.

Aber die Eloi blieben völlig stumpf und emotionstaub. Der Zeitreisende verlor seine Geduld, wurde wütend und schrie eine Gruppe Eloi an, die teilnahmelos einer ertrinkenden Frau zusahen: »Ihr müsst ihr helfen!«

»Wieso?«, fragte ein Eloi. Ein anderer bellte nur: »Nein!«

Der Zeitreisende verzweifelte: »Euer Leben ist schrecklich!«

Und es wiederholten sich die einzigen beiden Antworten, die die Eloi auf ALLES hatten: Wieso? und Nein! Und heute sind wir wieder dort. Genau genommen, ich war dort.

Auf alles, was der Alte mir an den Kopf geschmissen hatte, sagte ich immer nur WIESO? und NEIN!

Es fing an mit 9/11, dann erzählte er sogar, dass unser Klima mit Absicht manipuliert wird, uns als Klimawandel verkauft wird, aber die zunehmenden Dürren und Überschwemmungen nur ein Ziel haben. Sie sind Teil des stillen, heimlichen Krieges, der gegen die ganze Menschheit geführt wird.

Ich: »Wieso?«

»Und damit ihr das nicht erkennt, werdet ihr gegeneinander ausgespielt.«

»Nein!«

»Man will an eurem Leid verdienen, das Chaos nutzen, um euch zu unterwerfen. Aber es geht in letzter Konsequenz um Entvölkerung.«

»Wieso?«

»Die Elite spielt gerade ›Gott‹ und will den Planeten von der Plage Mensch säubern. Dabei sind sie nur Diener Satans und haben Angst, dass die Masse erwacht und sie ihre Macht verlieren.«

Und irgendwann sagte er auch: »Eure Herrscher sind lebensverachtende Psychopathen, und deren Entwurf für eure Zukunft ist nicht schön. Für sie ist es leichter, eine Million Menschen zu töten als zu kontrollieren. Und nur weil du so etwas niemals tun würdest, bedeutet das noch lange nicht, dass es andere nicht bereits tun.«

Und ich wieder: »NEIN!«

War ich echt schon so dumm gezüchtet? Ich vermute schon. Aber jetzt wo ich mich mal schlau gemacht habe, erkenne ich den Krieg, den man gegen uns führt, mit Waffen, von denen ich damals noch nichts gehört hatte. Und ich habe durchschaut, wie schleichend das alles begonnen hat. Wie man erst unseren Verstand verbogen hat, bevor man es mit Mutter Natur machte. Wir wurden seit Geburt darauf konditioniert, es nicht zu sehen oder sogar zu akzeptieren. Genau wie die Eloi!

Und seitdem ich das gecheckt habe, ist es mir eine heilige Pflicht, meinen Funken weiter zu reichen. Denn das Übel, was ich nie sehen wollte, lässt sich nur stoppen, wenn wir alle den Mut haben, genau hinzusehen und darüber zu sprechen.

Aber damals bei dem Altem, da draußen auf der Alm, hatte ich noch den totalen Eloi gemacht. Er hatte dann eingesehen, dass er gegen meine Angst nicht ankam. Meine Schutzmauer war zu hoch. Darauf legte der Alte mir aufmunternd den Arm um die Schulter:

»Weißt du? Du musst das alles erstmal verstehen, denn das ist der Grund, weswegen ihr alle erwachen werdet! Ihr werdet diesen Missbrauch, und der kommt von ganz, ganz lange her, durchschauen und dann endlich stoppen. Daran wird die Menschheit reifen, die Zeit der Kindermenschen ist abgelaufen. Und die Zeit der Schlächter auch.«

Apropos Schlächter. In dem Film DIE ZEITMASCHINE erfahren wir dann auch, wieso die

Eloi so empathielos sind. Sie sind nichts anderes als eine Herde Viecher, die von den Morlocks solange auf der gemütlichen Weide gehalten werden, bis sie geschlachtet werden. Die Morlocks sind gruselige Wesen im Hintergrund, die man nur zu Gesicht bekommt, kurz bevor man gefressen wird.

Und heute ist es nicht anders. Der Alte schilderte, wie der Missbrauch unserer Schlächter immer sichtbarer werden würde, die Täter immer transparenter und deren dunklen Absichten immer deutlicher.

Immer mehr Menschen durchschauen, in welch raffiniertem, perfiden und satanischen System sie versklavt wurden. Leider kann man es nicht mehr leugnen, was mit uns gespielt wird.

Immer mehr Menschen werden sich bewusst, wie dieses System strukturiert ist. Ein System, das jede Menge Privilegierte produzierte, hauptsächlich in Politik, Medien und Kultur. Die bildeten immer schon unsere Meinungen, und die sind es, die das System in seiner Endphase am hartnäckigsten verteidigen.

Sobald aber in der Bevölkerung die kritische Mindestmenge sich all dessen bewusst wird, breitet sich die Wahrheit rapide aus.

»Eine schmerzhafte Wahrheit, aber diesen Schmerz braucht ihr, um zu reifen. Und dann beginnt das goldene Zeitalter!«

Er war so überzeugend, mir schien er hatte erlebt, wovon er sprach. Er war so visionär und – wie ich heute weiß – gut informiert, würde es hin und wieder in unserer Geschichte nicht solche Menschen wie ihn geben, dann wäre so einiges noch viel dunkler. Vermutlich wären wir dann schon längst alle Eloi. Wenn wir das nicht schon waren ...

Der Alte ließ keinen Raum für Pessimismus. Er erklärte mir, dass das Leben im ganzen Universum so angelegt ist, dass es sich selbst und kostenlos versorgen kann, nur hier auf Erden hat sich ein Parasit eingeschlichen, und dieser Parasit fliegt nun auf. Davon reden alle Prophezeiungen, die Mayas und gute dreißig weitere.

»Die Sterne wollen das so. Der Mensch muss nun reifen. Und woran wächst man? An großen Aufgaben. Aber noch lasst ihr euch allesamt nur ablenken. Ihr seid halt noch Kindermenschen.«

Kapitel 12
Kindermenschen

Wenn man politisch rechts oder links mit nur einem Verb beschreiben soll, dann würde ich sagen: rechts steht für schützen, links steht für teilen. Für ein gesundes Zusammen sind beide Seiten erforderlich. Denn nur wer geschützt lebt, hat zum Teilen. Teilen und Schützen ist wie das Ein- und Ausatmen, so leben wir gesund. Was aber gerade passiert ist, dass man uns nur noch ausatmen lässt. Einatmen ist verpönt. Und mit so einem Quatsch werden wir abgelenkt. Nein, nicht nur abgelenkt. Wir werden krank gemacht und verbogen.

Der Eloi in mir, der dem alten Mann blind folgte, ab und zu mal ein »NEIN!« oder »WIESO?« blökte, kannte diesen Vergleich mit dem Atmen damals noch nicht.

Jetzt beim Aufschreiben rutschte er mir aus der Feder. Und ich merke beim Schreiben, dass dieser Eloi schon lange nicht mehr in mir drin ist. Dort in den Bergen mit dem Alten, da ist der Eloi noch einmal so richtig renitent geworden, und ich freue mich, dass wir endlich zu dem Punkt in der Geschichte kommen, und seitdem ist er weg. Und ich ein wacher Mensch.

Aber ich bitte noch um einen Moment Geduld, noch war unsere Wanderung nicht zu Ende, noch war meine Suche nach Liebe ein steiniger Weg und noch sehnte ich mich nach einer baldigen Erlösung in Paulas Armen.

Doch der Alte war einfach zu köstlich in all seinen Beobachtungen. Ich bin so frei und zitiere – aus relativ frischer Erinnerung – ein paar Brocken, die er mit seiner scharfen Zunge geschnitzt hatte:

»Ihr lebt in einer Zeit, in der ihr alles richtig machen wollt und alles falsch versteht. In der rechts automatisch böse ist und links automatisch gut. In der ihr Angst habt zu sagen, was ihr denkt. Falls ihr denkt! Denn die meisten in der wohlhabenden Welt sind zu abgelenkt und unterhalten. Und die, die aktiv werden, meinen, sie täten Gutes, wenn sie gegen rechts sind. Klar, aus der deutschen Perspektive kann man das verstehen. Oder manche wenige verstehen das zu gut, und die wissen damit zu spielen. Also, wer heute nur gegen rechts ist, meint es vielleicht gut, greift aber ein bisschen kurz. Mit solcher Vehemenz gegen rechts sein, führt nur diesem System, das euch gerade versucht zu spalten, frische Energie und frisches Blut zu. Und so bleibt die Macht der ungewählten, aber mächtigsten Männer gewiss erhalten.

Der Kindermensch lässt sich durch alles ablenken. Ihr fallt noch auf jedes Schattenboxen rein. Wenn die Medien es nur oft genug wiederholen, meint ihr, den Buhmann zu erkennen. Nun ist es der Diesel, gestern war es das Haarspray, und keiner ahnt, wer es wirklich ist.

Der Kindermensch bleibt verhaftet an seinen Aufgaben oder kleben an seinem Spielzeug. So stellt man euch immer neue Aufgaben und Spielzeuge in den Weg. Bei euch, in der Zeit der systematischen Verblödung, ist es normal, sich einzubilden, den Planeten zu retten, weil in Buxtehude keine Dieselfahrzeuge mehr ins Stadt-Zentrum dürfen.

Und für so viele ist es leider nicht nur normal, sondern Lebensinhalt geworden, den ganzen Tag mit Fußball, Videospielen oder Pornos zu vergeuden, oder mit post-feministischen Problembewältigungen, wie zum Beispiel eine Feministin die Sparkasse verklagt hatte, weil sie als »Kunde« geführt wurde und nicht als Kundin.

Und so etwas geht bis zum Bundesverfassungsgericht! Auch das ist kein Einzelfall. Was natürlich keine Feministin wissen will, ob Täter auch Täterin heißen könnte.

Habt ihr denn noch alle Tassen im Schrank? Die Welt verbrennt und ihr streitet Euch wegen des Punktes auf dem i!

Euer Wetter wird täglich manipuliert, und keiner sieht auf den Himmel! Keiner erkennt, wie krank er ist. Keiner von euch begreift die Ursachen an eurem Extremwetter. Und wenn ihr an die Umwelt denkt, dann seid ihr so programmiert, sofort an das Wort »Diesel« zu denken oder den Müll zu trennen. Und das war's.

Ihr seid eine Generation von Smombies. Ihr lasst euch rund um die Uhr von der kleinen Mattscheibe in der Hand verführen und sogar dabei noch überwachen und kriegt nicht mehr mit, was um euch herum in der Welt passiert. Alles nehmt ihr hin, nichts hinterfragt ihr, Hauptsache gut unterhalten. Noch nie hatte der Sklave seine Fußkette so geliebt.

Rückblickend werden die Historiker erkennen, wie der Frosch ganz langsam zum Kochen gebracht wurde. Wir wissen alle: der Frosch bleibt im Wasser und lässt sich beim lebendigen Leibe kochen, wenn die Temperatur schleichend klettert. Denn je wärmer, umso gemütlicher wird es. So scheint es. Und diese selbstgefällige Gemütlichkeit gibt euch die nötige Sicherheit (oder ist es nur mentale Trägheit?), nun wegen jedes Kleinkackes zu streiten. Wenn es dem Esel zu gut geht, geht er aufs Glatteis.

Leider ist diese Gemütlichkeit keine wohlige, sondern eine tödliche. Vor allem dann, wenn die Temperatur im Kochtopf ständig steigt. Und das tut sie ja. Und damit das so ist, wird nachgeholfen. Alles wird mehr. Mehr Terroranschläge, mehr Wetterextreme, mehr Flüchtlinge, mehr Zerwürfnis in der eigenen Bevölkerung. Mehr Schulden. Mehr Unruhe. Mehr Soldaten.

Hier soll ein Ballon zum Platzen gebracht werden.

Aber das sieht keiner, denn alle sind gefangen in irgendeinem Kindermenschen-Hickhack. Häufig in einem politischen, der Klassiker rechts gegen links scheint beliebter als je zuvor zu sein. Und die Verwirrung ist komplett, denn noch nie waren die Rechten linker und die Linken rechter. Aber den kleinlichen Streit gibt es nicht nur im Bundestag, sondern überall! Wie zum Beispiel den religiösen, den nachbarschaftlichen oder den auf einmal immer wichtiger werdenden, gender-orientierten Streit. Und keiner stellt die Frage, wem diese ständige Konfliktkultur nützt.

Und damit diese Frage nie gestellt wird, wird jegliche Form von Streit und Konflikt geschürt, gefördert und unterstützt, wo es nur geht. Egal wo. Irgendwo im Nahen Osten oder daheim in deinem Bett. Und immer unter dem Deckmantel der Aufklärung und Toleranz berichten Medien alles ganz genau, sagen aber nie, WARUM das passiert. Und solange ihr auf diesen Matrix-Weichflötenkäse reinfallt, hört ihr nicht die eigene Stimme der Vernunft.

Apropos WARUM: Euch beschäftigt nur das Wie, wegen des Wie werdet ihr euch nicht einig. Und dabei geht es gar nicht um das Wie. Es geht um das Warum. Warum bin ich hier? Warum in diesem oder jenem Körper geboren? Warum in dieser oder jener Kultur aufgewachsen? Und warum kocht es bald über?

Wenn ihr das fragt, werdet ihr weiterkommen. Aber noch werdet ihr mutwillig in die Irre geführt. Und zwar von klein an. Ihr werdet mutwillig frustriert, mit der Absicht, dass euer Zorn sich entlädt an alten, bereits bekannten Feindbildern. Wie die Ameisen sollt ihr wieder derselben vom Leid gezeichneten Spur folgen.

Statt endlich mal eine Abkürzung zu suchen! Denn die gibt es.

Zum ersten Mal stehen euch – dem einfachen Bürger – Informationen zur Verfügung, die auf den Kopf der Krake hinweisen, die den Konflikt ständig nährt und die schon seit Längerem Krieg gegen euch alle führt. Aber ihr wusstet das nicht. Und ihr wusstet auch nicht, dass ihr es nicht wusstet.

Heute wählt dann jeder selber, wie viel er wissen will. Wie viel er imstande ist, zu begreifen oder ob er wirklich nur in der Lage ist, auf der Straße die Keule zu schwingen, so wie es sich unsere Herrscher wünschen. Oder vor dem TV einzuschlafen, was sie sich auch wünschen.

Doch habt keine Angst! Die Welt geht nicht unter, sondern euer parasitäres System implodiert gerade. Die ganzen Lügen bringen alles zum Sturz. Immer mehr erkennen nicht nur, dass die wahre Macht bei den Banken und wenigen Familien liegt, die aus dem Nichts Geld zaubern, mit dem sie dann euch versklaven, sondern auch, dass die Menschheit mutwillig in ihre Vernichtung getrieben werden soll.

Und gleichzeitig erkennt ihr immer mehr, dass eure Mutter Erde lebendig ist. Es wird auch immer deutlicher, dass wir alle mit ihr in Verbindung stehen, und darum wird auch von der anderen Seite immer mehr getan, um diese Verbindung zu stören. Deren Ziel ist es, die Natur auszuhebeln, um sie zu dominieren. Egal ob einen Taifun oder eine Depression. Mittlerweile lässt sich alles kontrollieren dank elektromagnetischer Frequenzen und noch ganz anderer Technologien, die es im Schatten eures Bewusstseins schon längst gibt. Und jetzt kommen sie aus dem Schatten raus.

Zu deiner Zeit bricht noch der Damm des geplanten Unwissens. Ihr werdet noch erkennen, wie alles manipuliert wurde, die Nahrung, die Medizin, die Ausbildung, die Kultur, eure Geschichte, euer Glauben, jede Form von Unterhaltung, sogar euer Sex und selbst das Wetter, mit dem einzigen Zweck, die Menschheit zu unterwerfen, zu kontrollieren und nach Belieben auszurotten.

Aber das haben die meisten nicht auf ihrem Bildschirm. Sie spüren nur, wie das Leben schwieriger wird und machen das, was von ihnen erwartet wird: sie geben die Schuld dem Anderen. Da bietet sich geradezu an, dass Europa mit so vielen Anderen überflutet wird. Auch das ist gesteuert und gewollt, auch das erkennt der Kindermensch nicht.«

Auch der Flüchtlingsstrom war geplant? Eloi wollte das nicht hören. Nun kenne ich die Antwort: Leider ja und sogar schon seit Langem.

Es ist nicht einmal schwer zu finden. Vater dieses Völkeraustausches (das Wort Umvolkung darf man ja nicht nutzen, ist ja ein Nazi-Wort) ist Richard Nikolaus Graf Coudenhove-Kalergi. Wer der war und für wen der arbeitete, lässt sich leicht finden.

Und sein monströser Plan lässt sich auch im Handumdrehen erkunden, aber nicht nur das, auch noch ganz andere mutwillige Verwerfungen wie zum Beispiel die Pläne der USAirforce, unser Klima beherrschen zu wollen. Und es gibt noch so einiges mehr, was ohne unser Wissen und natürlich ohne unsere Zustimmung direkt vor unserer Nase und über unseren Köpfen schon längst stattfindet. Und all das ist sogar für uns alle einsehbar! Man muss nur wissen, wonach man zu suchen hat. Komisch nur, dass kein Journalist heutzutage danach sucht. Und dass keine politische Debatte darüber stattfindet. Aber auch das passt. Es passt ins Bild, das Toni mir skizziert hat.

Und genau so passt auch die simple und einleuchtende Vision von Graf Coudenhove-Kalergi: sobald alle Völker und Rassen gemischt sind – die USA war ein Testmodell – werden Nationen obsolet. Es regieren ja sowieso schon die multinationalen Konzerne, also braucht es dann endlich eine One World Regierung, auch bekannt als New World Order. Das ist der Plan, der jetzt direkt vor unseren Augen umgesetzt wird.

Außerdem: früher gab es eine Mauer zum Osten. Hier den Kapitalismus, dort die Billiglohnländer. Diese Mauer war den Herrschern immer schon zu weit weg. Darum kümmerten sie sich, dass wir die Mauer direkt in unsere Nachbarschaft bekommen. Vorhin sagte ich schon, die Mauer wurde immer persönlicher.

Wie immer waren die USA das Testkaninchen. Wer kennt nicht PROTECTED NEIGHBORHOODS? Ab demnächst nur noch für die, die einen eingepflanzten Mikro-Chip haben. Und Elend, Müll und Anarchie für all die Anderen, den üblen Rest, vor dem die Medien uns warnen.

»Genau auf dem Weg seid ihr, und ihr kommt da nur raus, wenn ihr aufhört, euch wegen Kickiquatsch zu entzweien. Ihr müsst jetzt unbedingt eine gemeinsame Vision finden, um aus dieser mutwilligen Fehlsteuerung wieder friedlich rauszukommen! Und die Flüchtlinge müsst ihr in eurer Vision integrieren. Das heißt, redet mit ihnen, erklärt ihnen, was für ein düsteres Spiel hier gerade abläuft, sagt ihnen:

Bruder, wir werden hier alle betrogen und beschissen. Ihr werdet benutzt, wir werden benutzt. Sollen wir uns jetzt nicht verbinden und nachschauen, wer uns da so böse spielt? Und den gemeinsam vertreiben! Und danach kann man in jedem Land dieser Welt wieder in Frieden leben! In jedem!

Ich glaube, jeder Flüchtling ist doch lieber zu Hause bei seiner Familie, wenn er dort nur ein besseres Leben finden würde, als hier im Asylantenheim. Und was für Perspektiven haben sie hier bei uns? Immerhin haben sie Erwartungen. Und die werden gerade arg geschürt. Und wieso? Damit es knallt.

Wenn ihr das nicht durchschaut, verlängert sich nur das Leiden.«

Seine Worte machten mich sehr nachdenklich. Nach einer Weile fragte ich: »Aber wie können wir das alles stoppen?«

»Ihr müsst nur anfangen, friedlich zu debattieren, und zwar über das Wesentliche. Und stellt euch dabei in die Schuhe der anderen, damit ihr sie versteht. Beratet euch mit eurem Herzen. Und vergesst nie zu fragen, warum das alles so läuft.«

Sind wir dazu wirklich in der Lage?, wunderte ich mich.

»Was wird kommen?«

»Der Mensch wird erwachen. All dieses Leid ist nur der nötige Auslöser. Heute wissen wir, dass 9/11 ein riesig großer Wendepunkt war. Da wo ich herkomme, nennt man diesen Tag den Anfang des dritten Weltkrieges.

Wenn das alle wissen, dann beginnt der Anfang vom Ende des dritten Weltkrieges.

Aber ihr müsst vorsichtig sein, wahren Frieden gibt es nur, wenn alle Seiten zu Wort kommen. So ein einseitiger Showprozess wie damals in Nürnberg darf sich nicht wiederholen.

Und ihr müsst vorsichtig sein, die Herrscher waren euch immer schon ein paar Schritte im Voraus. Die wissen, was auf sie zukommt, also werden sie versuchen, sich nun als eure Retter zu präsentieren. Und wenn ihr wieder auf sie reinfallt, wenn ihr wieder denen eure Macht gebt, dann werden all die, die diese guten, neuen Retter in Frage stellen, ruckzuck ausgemerzt. Damit dann auch wirklich jeder letzte Zweifel am holden Erlöser beerdigt wird.

Auch das gab es schon, auch die Französische Revolution darf sich nicht wiederholen. Übrigens hatte man Ludwig, den XVI., nachdem er verhaftet wurde, die Gelegenheit zur Flucht gegeben. So konnte man ihn erneut verhaften, nun hatte man Grund, ihm einen kurzen Prozess zu machen, und ab war die Rübe.

Hätte Ludwig einen längeren und fairen Prozess bekommen, hätten alle leicht erkennen können, dass der neue Herrscher, der gerade nach der Macht greift, tausendmal gefährlicher und bösartiger war, als der alte, der pausbäckige Ludwig, der von Geburt her gewiss normalen Lebensumständen gegenüber ignorant war, aber niemals ein schlechter Mensch, Vater oder gar König.

Und kaum war der König tot, hatten die Rothschilds die Staatsbank gegründet und damit wieder für Ruhe und Ordnung gesorgt. Achtet daher genau darauf, wer es ist, der euch Ruhe und Ordnung verspricht. Denn das wird der Judas sein. Und der Verrat kann wieder von vorne beginnen.«

Der Alte musste lachen.

Mir schien, als ob er sich erinnern würde. Aber woran?

»Eure Retter, die »neuen Erlöser«, hatten keine Herzenswärme. Das fiel rasch auf. Die ganze Geschichte mit dem Herzen wird noch viel deutlicher und wichtiger. Das liegt an der steigenden Schumann-Resonanz. Das ist eine Frequenz, die die Erde von sich gibt und die uns alle beeinflusst. Du wirst es noch selbst spüren, du wirst noch erkennen, wie die Wende, auf die du wartest, in deinem Herzen anfängt.

Bist du erwacht? Erkennst du den Krieg, den man gegen dich führt? Erkennst du die Kraft, die du in dir hast? Bist du ein Licht oder eine Leuchte?«

Der Alte war so frappant in allem, was er mir sagte. Doch ihn genau verstehen, tue ich erst jetzt, wo ich es aufschreibe. Damals stand ich seiner Wortgewalt wehrlos gegenüber. Ich starrte ihn an wie ein Rehkitz die heranrasenden Halogenlichter. Und Eloi wollte ständig wissen WIESO? oder schrie NEIN!

Und was ich damals auf der Hochalm in genau diesem Moment auch noch nicht wusste, war, dass unser Weg nur noch wenige Meter dauern sollte. Nun kam der Moment, Abschied zu nehmen. Abschied von Toni, Abschied von Eloi und Abschied von fiebrigen Erwartungen.

Am Horizont direkt vor uns tauchte eine kleine Bergkapelle auf. Der Alte ging auf sie zu. Hielt aber nochmal inne:

»Eins musst du noch wissen! Gedanken formen Materie und somit die Welt. Und darum werden eure Gedanken mit allen Mitteln abgelenkt. Das führt dazu, dass viele von euch schon die Mauer im Kopf drin haben. Und die stellen natürlich keine Fragen mehr. Und dabei geht es nur darum, die richtigen Fragen zu stellen. Du musst nur mit deinem Herzen fragen, die Antwort liefert das Universum. Immer. Wer seinen Weg noch nicht kennt, sollte fragen: was ist mein Weg? Und das Leben wird ihn dir zeigen. Ich wollte nur, dass du das weißt, bevor ich gehe.«

»Du gehst?«

»Nein, nun bleiben wir zusammen!«

Verstanden hatte ich ihn nicht, aber es kam auch nicht mehr dazu, dass ich ihn danach fragen konnte. Er steuerte auf die Kapelle zu. Er drehte sich nochmal nach mir um und sagte, fast schon aufmunternd:

»Der Mensch ist ein wundervolles und sehr mächtiges Wesen. Das, was du in deinem Inneren trägst, wird deine Wirklichkeit. Mind is over matter. Definitiv! Vergiss das nie! Meckern ist Gift. Angst haben ist überflüssig. Und Verlangen soll Spaß machen und nicht gefangen nehmen. Und euer Credo sollte nicht ›mehr, mehr, mehr‹ heißen, sondern ›besser, besser, besser‹.«

Das kam wie eine Zugabe. Ich schüttelte nur meinen Kopf und dachte an »jetzt ein Bier bitte«. Toni schaute auf seine Uhr und seufzte traurig.

»Ich könnte dir noch so viel mehr erzählen.«

Gewiss, dachte ich.

»Aber unsere Zeit ist rum.«

»Wieso?«

Der Alte blieb vor der Kapelle stehen. Wie alt war die wohl? Vielleicht sogar aus dem Mittelalter. Er ließ seinen Blick kurz umherwandern, dann lächelte er mich an und sagte: »Wir sind da!«

Kapitel 13
Meine Entgleisung

»Und wo ist Paula?«

»Schau dich um.« In seinen Augen sah ich zum ersten Mal Besorgnis. Er wusste ja, was kommt. Es dauerte einen Moment, bis ich neben der Kapelle ein paar verstreute Grabsteine wahrnahm, die meisten waren schon sehr alt, aber es gab auch ein paar neuere Holzkreuze.

Mir stockte der Atem, ich torkelte vor böser Ahnung, riss mich zusammen und dann sah ich ein schlichtes Kreuz. Es stand leicht schief und darauf stand geschrieben:

Paula Kovovics * 1986 † 2013

Diesen Schmerz, den ich dann in meiner Brust bekam, möchte ich nicht nochmal erleben. Ich brach weinend vor ihrem Kreuz zusammen. Weinte ich, weil eine alte Liebe immer noch so viel wog? Oder weinte ich, weil meine Perspektive, mit Paula glücklich zu werden, nun zerstört war? Weinte ich, weil meine Erwartungen nicht erfüllt wurden?

Dann wurde ich wütend.

»Du hast das die ganze Zeit gewusst!«, schrie ich den Alten an.

Doch dabei blieb meine Wut, schon wieder übermannte mich das große Schluchzen.

Der Alte sprach mit ruhiger Stimme:

»Als du gingst, ging ihre Welt unter! Sie stürzte ab. Es ranken sich viele Legenden um sie, aber keine ist schön. Fakt ist: sie wurde keine achtundzwanzig Jahre alt.«

»Oh, nein! PAULA!!!« Wie ein gestrauchelter Hund winselte ich an ihrem Grab.

»Hier oben in den Bergen hat sie eine Wende gesucht. Aber es war zu spät für sie. Ihr Herz war gebrochen, schon so lange und keine Heilung in Sicht!

Sie hat dich sehr geliebt! Du warst für sie eine neue, eine bessere Welt. Du warst das Versprechen auf eine schönere Zukunft.

Aber sie war dir nicht fein genug. Du hattest ja immer ›Höheres‹ gesucht, du wolltest ja zur Elite gehören! Elite ... was für ein blödes Ego-Konzept.«

Der Alte half mir wieder auf die Beine, dann gab er mir eine feste Umarmung und sagte:

»Und dass du nie daran zweifelst, ich liebe dich auch. Sehr sogar!«

Darauf trat er ein paar Schritte zurück und holte das schwarzsilberne Plättchen aus seiner Geldbörse. Er knickte es zweimal und legte es auf seine

Zunge, schloss den Mund und hob rasch beide Hände zum Himmel. Dann schien mir, dass seine Aura sichtbar wurde, aufleuchtete oder zu glühen begann. Bevor ich das genau deuten konnte, gab es einen Blitz, und zwar aus der Mitte des Glühens und der Alte war weg. So als ob er weggebeamt wurde. Das geschah alles ziemlich lautlos, vielleicht von einem leichten Knistern begleitet. Aber das geschah so unerwartet und passierte so rasch. Wie soll man so schnell sein Hirn einschalten können, um Neues zu verarbeiten? Ich meine, ein Knistern gehört zu haben. Aber egal.

Meine erste Reaktion?

Ich schrie: »TONI, KOMM ZURÜCK!«

Und dann tickte ich aus, besser: der Eloi in mir hatte sich mental in den Schwanz gebissen:

»NEIN!!!«

Dann:

»WIESO?«

Dann wieder:

»NEIN!

WIESO?

NEIN!

WIESO? ...«

Eloi hatte einen Sprung, und ich weiß nicht mehr wie lange das so ging.

Ich weiß auch nicht, was danach geschah. Ich irrte wohl eine ganze Weile umher. Daran erinnere ich mich ansatzweise. Ich weiß noch, wie alles um mich herum wegbrach und mir kamen Bilder von all den Dingen, die der Alte erzählt hatte. Bilder von 9/11, dann sah ich meinen Sohn und bekam Angst um sein Leben. Später hörte ich eine Stimme: »Hab keine Angst! Die Familie hält zusammen!« und »Wie gut, dass du nun Bescheid weißt!«

Wer sprach denn da? Es war mein Großvater, der schon vor der Geburt meines Vaters gestorben war!!! Den ich nie kennenlernte! Und trotzdem spürte ich seine Nähe, ich wusste genau, dass er es war! Ich fühlte seine Liebe, hörte ihn, konnte ihn aber nicht sehen. Ich war so verzückt. Musste ich dann weinen?

Irgendwann fuhr ich auf dem Karussell, wie auf dem Foto, dass der Alte dabei hatte. War ich der Junge auf dem Foto? Ja! Ich war der Junge auf dem Foto. Zumindest in meinem Film. Alles um mich herum drehte sich. Immer schneller, immer schneller, dann stürzte ich und fiel und fiel und fiel in ein tiefes, schwarzes Loch und verlor mein Bewusstsein.

Ich habe brüchige Erinnerungen wie man mich mit starken Unterkühlungen gefunden hatte. Es war ein Schäfer mit seiner Herde. War ich tatsächlich die ganze Nacht da oben geblieben? Ich weiß nur, dass ich die ganze Nacht den Alten suchte. Zumindest mit meinen Gedanken und meinem Herzen. Tatsächlich lag ich wohl überwiegend im Matsch und war eingesuhlt wie ein Schwein. Meine Aubercy Diamond Schuhe waren endgültig verhunzt. Meine Aktentasche lag in der Kuhscheiße und ich hatte Dreck in den Ohren und in der Nase. Und in meiner Unterwäsche! Was habe ich bloß angestellt?

Man brachte mich ins Kreiskrankenhaus zur Überwachung. Angeblich redete ich dort nur wirres Zeug, wie man mir später sagte. Ich erzählte wohl allen, dass man uns ausrotten will! Dass ein Krieg gegen uns geführt wird, aber dass das keiner wüsste. Anschließend wurde ich wütend, bäumte mich auf, man sagte mir, ich habe randaliert, darauf spritzte man mir etwas in meine Vene, dazu musste man mich festhalten. Kurz darauf brach ich kraftlos zusammen und schlief elf Stunden an einem Stück.

Am nächsten Tag sah die Welt schon wieder besser aus und das Krankenhausfrühstück war vorbildlich. Damit hätte ich nicht gerechnet oder hatte ich nur solchen Hunger? Oder lag es an meiner Erwartung? Denn hier im Krankenhaus hatte ich keine leckeren Speisen erwartet, umso erfreuter war ich.

Unsere Erwartungen, wo kommen die her? »Erwartungen quälen uns, seitdem wir ein Ego haben«, hörte ich jetzt den Alten sagen, natürlich nur in meinem Kopf. Das reichte aber, damit ich ins Grübeln kam. Unsere Erwartungen, tun die uns gut? Ich hatte ja auch von Jessica etwas erwartet! Was habe ich erwartet?

Mir dämmerte zum ersten Mal, dass PLAYBOY mir den Kopf verbogen haben könnte. Und Walt Disney Jessica auf falsche Ideen gebracht haben könnte. Von klein an sahen und folgten wir Rollenmodellen. Die Prinzessin, der Prinz, die Hochzeitskutsche, das Schloss, ewige Liebe und immer wilder Sex. So muss es ablaufen und genauso gut muss man aussehen. Damit markierte man uns den Weg in die Welt der Erwachsenen.

Aber damit unser Kurs gegenläufig und unversöhnlich wurde, hatte man den Feminismus noch oben drüber gekleistert. Von nun an musste der Mann sich schuldig fühlen, ein Mann zu sein.

Dass Frauen wie Sexobjekte präsentiert wurden, war ja nicht seine Schuld, aber dass er darauf reingefallen ist und so etwas schön findet. Das erzürnte dann die Frauen, die selber nicht so schön waren, und unter dem Sammelbegriff Feminismus stürzten sie blind in den Kampf gegen die Männer und gegen schöne Frauen oft auch.

Aber das war nicht ihre Schuld, auch sie sind nur darauf reingefallen, auf das Versprechen männlicher als ein Mann sein zu können. Der Feminismus ist eine Erfindung der Rockefellers und hat nur einen Sinn: teile und herrsche. Auch das fand ich, als ich angefangen hatte, mich selbstständig zu informieren.

Dass mich keiner falsch versteht: Frauen und Männer sind gleich vor Gott und sollten gleich vor dem Gesetz sein. Aber so wie das alles aufgezogen wurde, gab es mehr Frauen, die Männer sein wollten, mehr Berufstätige und somit noch mehr Steuerzahler. Und die Familie wurde zerrissen. Die Mütter waren nicht bei den Kindern zu Hause, dort, wo sie gebraucht werden.

Und genau darum ging es eigentlich! So hatte es Onkel Walt noch viel leichter, die kleinen, ungeformten Wesen zu beschreiben. So konnte man uns immer Dinge versprechen, die sich nie erfüllten. In unseren Herzen Wünsche installieren, die uns nicht bekamen. All das, was wie eine große Kirmes der Freiheit aussah, war nur ein Köder, um unsere Seelen zu fangen.

Jetzt erst, nach meiner Entgleisung, erkenne ich, wie wir absichtlich falsche Rollenmodelle gefüttert bekamen, auf falsche Schienen verführt wurden, um uns zu verbiegen, um uns zu frustrieren. Denn nur der empörte Mensch ist regierbar und damit leicht beherrschbar.

Aber solange wir Kindermenschen bleiben, stürzen wir uns auf jedes neue Spielzeug, sei es eine politische Idee, eine berufliche Herausforderung, eine sexuelle Fantasie oder wieder nur ein Zank, mit solch einem Eifer, bis wir wieder in der Notaufnahme landen!

Denn Vorsicht! Nichts bleibt stehen. Alles ist in Bewegung. Und die Richtung, auf der wir unterwegs sind, ist nicht mehr gut.

Nach Playboy kam Hardcore-Porno, und zwar mittlerweile kostenlos und für alle. Wer hat sich schon mal gefragt, wer uns das spendiert?

Und warum?

Das alleine ist schon beunruhigend und beängstigend, wenn man einmal verstanden hat, welche Macht die eigenen Gedanken haben. Dann versteht man auch, wieso man unsere Gedanken binden will, an etwas festkleben ... und sei es Porno.

Und wie spannend wird es jetzt im neuen Zwangs-Multi-Kulti. Wo ein verweichlichter, fetischisierter, dekadenter, selbstgefälliger Westen auf seine neuen Mitbürger stößt. Und die sind alles andere als verweichlicht, fetischisiert, dekadent, selbstgefällig. Die sind arm, verzweifelt, hungrig, oft ungebildet und manche sogar gewalttätig. Aber das wäre die oder das Transgender-Abgeordnete gewiss auch, wenn der quotengesicherte Wohlstand wegfällt und es unter gleich beschissen Bedingungen überleben müsste.

Und wenn dann die Neubürger als zu lüstern und geil auffallen, dann liegt es daran, dass sie nicht wissen, wie hier bei uns die Sitten wirklich sind. Denn schon mit ihrer Ankunft haben sie Zugang zum Internet und Pornofilmen.

Nur die wenigsten von denen hatten vermutlich in ihrer Heimat schon die Gelegenheit gehabt, sich einen Gang-Bang auf Video anzuschauen. Und vielleicht wussten sie gar nicht, dass es solche Videos gibt. Spätestens bei uns sehen sie das zum ersten Mal auf ihrem neuen Smartphone und freuen sich konsequenterweise über die neue Technologie und freizügige Sitten. Nicht vergessen, für den Neubürger ist hier alles Neuland!

Welch satanische Dimensionen tun sich da auf! Im Westen haben sich die Männer mit den Frauen zerstritten und vor Pornos bräsig gewichst, und die neuen Männer werden damit nur auf den Geschmack gebracht. Welche Erwartungen legt man damit? Alles klar. Gewiss nur ein dummer Zufall.

Solche und andere Gedanken kommen mir nun öfters. Der Dialog mit Toni schien in mir weiterzugehen. Mein Blick auf die Welt hatte sich geändert. Wenn ich eine Schlagzeile lese oder eine Nachricht höre, frage ich immer: Cui bono? Wem nützt es? Was will man uns erzählen? Warum geschieht das? Mittlerweile habe ich da richtig Übung drin.

Im Krankenhaus hatte ich schon die ersten Erinnerungen und Gesprächsfetzen aufgeschrieben. War einfach alles zu krass, was der Alte sagte und wie er abgetreten ist. Ich habe natürlich Tom alles erzählt. Und ich hatte noch nie Tom so ratlos und blass gesehen. Aber da Tom ja immer schon anders war, als die normalen Kindermenschen

(Eloimenschen?), hatte er schnell eine lebendige Neugierde entwickelt. Paranormale Begebenheiten und Freie Energie, das alles hatte ihn immer interessiert. Und da er mir vertraute, wusste er, was ich erlebt hatte und teilte mein Erstaunen. Anders kann man es nicht nennen.

Aber für mich selbst war es mehr als ein Erstaunen. Ich war verwirrt, fühlte mich wie eine geschüttelte Schneekugel, und hier im Krankenhaus senkte sich dann so langsam der Schnee. Oder waren es doch nur Staub und Schmutz?

Als der Wirbel vorbei war und alles ruhiger wurde, machte ich mir zum ersten Mal richtig Sorgen um meinen Sohn. Sorgen, die ich vorher nicht kannte, denn dank meines privilegierten Daseins wusste ich meinen Sohn immer gut versorgt und auf der sicheren Seite. Aber all das, was Toni mir da erzählt hatte, zog mir den Teppich unter den Füßen meines materiellen Wohlbefindens weg.

Zuerst wurde ich richtig traurig. Dann dämmerte mir, dass ich Verantwortung habe. Für meinen Sohn! Niemals soll er mich fragen, wieso ich nichts getan habe, obwohl ich es gewusst habe. Niemals! Diese Blamage meinem Kind gegenüber, das geht nicht. Dann lieber heute den Spott der Eloi ertragen.

Ich konnte all das, was Toni mir erzählt hatte, nicht mehr vergessen. Konnte nicht wieder dahin zurück in Raum und Zeit, wo ich das alles noch nicht wusste. In gewisser Weise erlebte ich eine mentale Entjungferung. Nach dem ersten Fick kann man nicht mehr sagen: ich weiß nicht, was das ist.

So nahm ich mir vor, die Sache noch etwas zu vertiefen, denn Angst hat man nur vor Dingen, die man nicht versteht. Und wenn man einmal diese monströse Dimension des Negativen durchleuchtet hat, erkennt man auch die noch viel stärkere Dimension des Guten.

Und dann passiert Folgendes: immer klarer wird man von da an spüren, dass die Welt wahrhaftig fünfdimensional ist. Unser Leben treibt uns unausweichlich darauf zu, das endlich herauszufinden und zu guter Letzt in unser Weltbild zu integrieren, damit wir es leben und praktizieren. Und das ist der Anfang des Goldenen Zeitalters.

Oder: wir bleiben wie die Krebse an jenem Morgen immer im Eimer drin, denn irgendeine Petzmuschi sorgt dafür, dass die Reibereien nie aufhören und wir alle in dem Mist, den wir uns spinnen, uns gegenseitig verheddern und gefangen halten. Ja so ist es! Wir spinnen uns selbst und gegenseitig ein, so lange, bis einer von uns den Mut hat, das Rumpelstilzchen beim Namen zu nennen. Was passiert dann? Das Rumpelstilzchen löst sich auf und diese zwanghafte, sklavische Spinnerei auch.

Mittlerweile gibt es genügend Literatur zu Rumpelstilzchen, dem bösen Wolf und deren Komplizen. Darunter einige Bestseller sogar, aber von denen spricht keiner in den öffentlichen Medien. Die Verleger, die diese Bücher drucken, werden alle überwacht, manche wurden sogar eingesperrt, und keiner von denen darf an einer Mainstream-Diskussionsrunde teilnehmen, denn – wie man uns immer wieder gerne erzählt – sind das alles ganz gemeingefährliche Nazis. So werden bei uns mittlerweile alle genannt, die den Status Quo in Frage stellen.
    Und das macht ja Sinn, wenn man einmal Tonis Welt verstanden hat.

Wer Tonis Informationen sickern gelassen hat, verdaut und nur ein wenig recherchiert bzw. nachgearbeitet hat, dem sollten eigentlich die Schuppen aus den Augen fallen. Eigentlich. Aber bei manchen sitzt die Programmierung schon so tief, an die kommt man nicht mehr ran. Bei denen ist die Mauer schon im Kopf angekommen. Die stellen keine Fragen mehr.

Ich halte mich da an Martin Luther, auch wenn ich wüsste, dass morgen die Welt untergeht, pflanze ich heute noch einen Baum.
Und so überlegte ich, wie ich helfen kann, helfen, mein Wissen anzuwenden und weiterzugeben. Und relativ schnell war mir klar, dass ich mit Investitionen Zeichen setzen werde. Erst ein paar Wochen später kam mir die Idee, meine ganze Erfahrung mit Toni am besten einfach aufzuschreiben. So geht es nicht verloren und vielleicht erreicht es ja noch andere.

Ich saß im Krankenhausbett. Hatte meine ersten Notizen gekritzelt, das räumte meinen Kopf auf und sortierte meine Seele. Ich war nachdenklich und hatte wieder Zuversicht, dass Gott uns nicht alleine lässt. Gläubig im Sinne von Kirche war ich nie, aber das muss ich auch nicht sein, um von Gott zu wissen.
Es klopfte an der Türe. Die ging einen Spalt auf. Eine mir zu vertraute Fresse mit großen Lippen und großer Nase schob sich ins Zimmer und sagte:

»Himpelpimpel! Was machst du nur für Sachen?«

Ich überhörte – diesmal – den Himpelpimpel und freute mich, dass Tom kam, um mich nach Hause zu bringen. Ich war ihm so dankbar.

Auf der ganzen langen Autofahrt hörte er mir gespannt zu und mir tat es enorm gut, mit jemanden zu sein, mit dem ich über alles reden konnte. Wenn er mich nur nicht immer Himpelpimpel nennen würde! Doch … warte … zum ersten Mal ahnte ich, dass der Eloi auch ein Himpelpimpel war. Nannte mich Tom deswegen so? Ich musste grinsen. Freunde spüren eben alles.

Später ist mir aufgefallen, dass Tom mich seit unserer Rückfahrt mit all den interessanten Gesprächen nie wieder Himpelpimpel genannt hat.

Kapitel 14
Ein neuer Tag

Als ich nach meinem Besinnungswochenende die Wasserburg betrat, kam zu meiner Begrüßung der kleine Gatsby auf mich zugelaufen! Es war das erste Mal, dass ich ihn laufen sah. Vor meiner Abreise zog er sich noch am Stuhl hoch und versuchte die ersten Schritte. Nun rannte er! Stolz nahm ich ihn auf den Arm. »Du hast aber viel gelernt als ich weg war, mein Sohn! Und dein Papa auch.«

Das Letztere sagte ich leise nur zu ihm.

Dann begrüßte ich meine Noch-Frau und ihre Eltern. Sie saßen schweigend in der Küche. Meine erste Reaktion war: ich werde jetzt getadelt. Aber wie falsch ich lag! Meine Abwesenheit und Heimkehr fielen weniger auf als erwartet. Die drei saßen stumm und käseweiß am Tisch, vor kaltgewordenem Kaffee und angekauten Brötchen. Was war passiert?

Rudi erzählte mit gepresster Stimme, wie er gestern versehentlich seinen geliebten Gallus erschossen hatte.

»Es war ein Unfall!«

»Oh nein!«, war meine Reaktion »Wie bitter! Der gute Gallus!«

Auch ich mochte den Hund über alles, dank ihm fühlte ich mich weniger einsam hier in meiner Familie.

Gertrude mischte sich ein: »Ich wusste schon in der frühen Morgenstunde, dass was Schlimmes passieren würde! Genau wie damals!«

Gertrude blickte zu ihrer Tochter und die wusste natürlich sofort Bescheid. Tränen platzten aus ihren Augen, Gertrude eilte hinüber zu ihr. Zu spät! Jessica bäumte sich auf und brüllte wie ein verwundetes Tier. Einmal. Einmal richtig laut. Der Schmerz, aus dem sie ihre Mauer baute, hier zeigte er sich. Wir alle zuckten zusammen. Dann war Ruhe. Gasti sagte in das Schweigen: »Mama! Was war denn das?« Und alle mussten lachen.

Ich wusste genau, wieso Jessica geschrien hatte. Ich wusste genau, was Gertrude mit »so wie damals« meinte. Damals, als Jessicas große Liebe beim Helikopter-Skiing tödlich verunglückt war, da hatte es Gertrude auch schon vorher gewusst. Jessica hatte mir das natürlich erzählt, dass ihre Mutter hin und wieder hellseherische Fähigkeiten habe. Ich hatte ihr das nie ganz glauben können und nie richtig zugehört. Aber nun schon. Ich war sogar regelrecht neugierig auf Gertrude geworden und erkannte, dass ich mit der noch ein paar interessante Gespräche führen werde.

Dann habe ich das Grab für Gallus ausgehoben. Wir machten eine kleine Bestattungsfeier. Rudolph spielte auf seinem Jägerhorn »Auf zur Jagd!«, danach brach er weinend in sich zusammen und wurde von seiner Frau und Tochter liebevoll gestützt. Gasti und ich standen etwas abseits. Der Kleine saß auf meiner Schulter und hatte alles aufmerksam beobachtet. Ich war überrascht, wie gelassen und natürlich der Kleine den Tod sah.
»Gallus ist da, von wo wir alle kommen.«
Ich lauschte, und fühlte mich, als hätte ich ein Déjà-vu.

Mein Home-Coming war turbulent. Vielleicht besser so. So waren alle abgelenkt und keiner kam auf die Idee, mich zu fragen, was bei mir los war. Ich hätte auch nicht gewusst, was ich hätte sagen sollen. Etwa, dass ich zum Grab einer Ex-Freundin gewandert bin, zusammen mit einem alten Mann, der sich dann in Luft auflöste? Oder hätte ich direkt sagen sollen, dass von einer globalen Elite unsere Heimat mit lang geplanter Absicht ruiniert wird? Nein, solche Sachen kann man nur erzählen, wenn man gefragt wird. Und solche Sachen bringen den armen Gallus auch nicht zurück.

Die Tage vergingen. Rudi litt am meisten und er gab sich ununterbrochen die Schuld. Dass so ein alter Haudegen und Raubritter nun wegen seines Hundes so die Fassung verlor, war rührend. Er war mir sehr dankbar, dass ich ihm so geduldig beistand. Auf der Arbeit und abends am Kamin. Mir schien, dass Rudi und ich in diesen Tagen nochmal näher zusammengefunden haben. Und das war genau richtig. So hatte ich Zeit, Rudi langsam an meine neuen Ideen zu führen. Privater wie geschäftlicher Natur.

Zu dem Zeitpunkt hatte ich jede Menge recherchiert, inspiriert von all den teilweise krassen Dingen, die Toni mir vermittelt hatte. Rudi habe ich dann nur die verdaulichen Häppchen präsentiert, um ihn auf neue Geschäftsideen zu bringen, denn seine Hilfe wäre nicht schlecht.

Ich erzählte ihm von der Freien Energie und dass wir dort investieren sollten. Ich erzählte ihm natürlich nichts über die kriminellen Machenschaften der Banker-Elite. Und dass Geld nur noch digitaler Aberglaube ist. Dieses Paradox soll der Mensch lösen, wenn freie Energie zugänglich ist. Dann wird Geld automatisch auf den Platz zurückgewiesen, wo es herkommt: als Tauschware. Und mehr nicht.

Und mit Jessica wusste ich, dass ich nichts mehr erwarten und deswegen nicht mehr versauern werde. Ich habe sie die ganze Zeit mit Respekt behandelt, ihr ihren Raum gelassen und habe damit begonnen, mir ein schönes Penthouse in der Stadt zu suchen. Und ich fand eins! Direkt am Fluss. Beste Lage.

Und dann kam der Moment der Wahrheit. Rudi wusste es schon. Und dass er es akzeptiert hatte, gab mir Sicherheit. Als Jessica mal wieder alleine am Küchentisch saß, näherte ich mich und fragte: »Darf ich mich zu dir setzen?«

Ich glaube, Jessica wusste, was ich wollte und sie machte es mir einfach, denn sie wollte es auch. Eine Trennung. Dann umarmte sie mich liebevoll und bedankte sich für meine Ehrlichkeit.

Ich wunderte mich, was sie mit Ehrlichkeit meinte. Direkt ihr zu sagen, dass wir uns besser trennen sollen? Oder bedeutet Ehrlichkeit, ehrlich mit mir selbst zu sein und mir endlich eingestehen, dass dieses hübsche Weib jetzt für immer out-of-reach ist? Aber war sie nicht schon vorher weg? Was auch immer. Ich bin froh, dass es so geschmeidig gelaufen war und nicht so blöd wie bei dem armen Vater von Toni. Nur alleine mit der Geschichte seines unglücklichen Vaters hatte Toni mir schon unendlich viel geholfen. Ich fand meinen Mut, ehrlich zu sein. Ich war nicht mehr feige.

Und damit hatte ich die Zügel wieder in der Hand, war frei und hatte aber weiterhin Zugang zur Familie und zum Geschäft. Wie gut es doch laufen kann, wenn man ehrlich ist.

Und diesen frischen Elan nutzte ich, um mich intensiv mit der Raumenergie zu beschäftigen. Mit der freien Energie. Tom war sofort dabei. Jetzt hatte sich für ihn endlich das erfüllt, womit er mich die ganze Zeit genervt hatte. Jetzt hatte er es bekommen! Und mehr noch, ich war Feuer und Flamme. Wir kontaktierten Experten, natürlich auch seinen Freund, den Erfinder, wir suchten ein Halle, rasch war uns klar geworden: wir wollen diese Free Energy Generatoren selber bauen.

Ich kümmerte mich um die Finanzierung und war mittlerweile so fit in der Materie, dass ich einen brillanten Auftritt vor den Investoren hatte. Angespornt von meiner Erfahrung mit Toni schlüpfte ich nun in dessen Schuhe und redete mit Leichtigkeit, denn ich wusste, wovon.

»In unserem Universum gibt es kein Limit. Weder in der Winzigkeit noch in der Größe. Und die Strukturen sind immer die gleichen, im Mikro, wie im Makro.«

Nun, nicht alle hatten mich verstanden. Ich hielt inne und schaute in die Runde. Alles seriöse Herren im Anzug, so wie ich gestern. Ich trage zwar immer noch einen Anzug und hoffe, dass ich trotz meiner neuen Ideen als seriös gelte, aber ich bin nicht mehr so wie sie.

Wer einmal gewisse Wahrheiten durchschaut hat, kann nicht mehr zurück. Wer einmal von der bösen Absicht unserer Elite penetriert wurde, hat seine Kindlichkeit verloren. Doch was macht man, wenn man vor einer Gruppe Kindermenschen auftritt? Man redet mit ihnen wie mit einem Kind. Also erzählte ich von der Raupe.

»Wir wissen doch alle, was eine Raupe ist?«

Die jüngeren Herren anscheinend nicht! Sie mussten erstmal unauffällig in ihrem Smartphone googlen. Als das dann geklärt war, erzählte ich die Geschichte von der Raupe, die eines Tages in ihrem Blut neue Botenstoffe hat, die sagen: ich bin ein Schmetterling! Ich bin ein Schmetterling!

»Was passiert dann?«

Keiner der Herren wusste es.

»Die Antikörper der Raupe vernichten diese ersten Botenstoffe. Die Raupe will eine Raupe bleiben! Und so geschah es auch auf der Makro-Ebene unserer Welt. Wir töteten Jesus, Gandhi, Martin Luther King, John Lennon und die Liste ist lang.«

Die Herren wirkten nun leicht konsterniert. Sie konnten nicht ahnen, worauf ich hinaus wollte.

»Was passiert aber dann?«, fragte ich nochmal.

»Es kommen immer mehr Botenstoffe, die sagen ›ich bin ein Schmetterling! Ich bin ein Schmetterling!‹ Das geht so lange, bis die Antikörperchen nicht mehr damit zurechtkommen, einbrechen und kapitulieren. Das ist der Moment, in dem die Raupe zum Schmetterling wird.«

Jetzt schauten die Herren brüskiert. Sie hatten nichts verstanden. Das ermutigte mich zu sagen:

»Meine Herren, wenn Sie hier keine Parallelen erkennen, sind sie vom Aussterben bedroht!«

Ein unbequemes Gelächter bäumte sich kurz auf und ich erzählte weiter:

»Im Chinesischen gibt es das Wort Krise nicht. Krise heißt für die Chinesen so viel wie Gelegenheit. Und heute haben wir die Gelegenheit, uns dem Sinn des Lebens anzuschließen.«

»Und der wäre?«, rief einer der Herren.

»Blühen. Einfach nur sein. Wir müssen vergessen, was wir gelernt haben, wir müssen verzeihen, was man uns angetan hat, erst dann werden wir uns erinnern, von wo wir kommen, von wem wir sind. Wir sind ein Teil von Gott.«

Damit hatte keiner gerechnet. Sie hörten mir stumm zu, manche mit wachen Augen, andere richteten ihren Blick zu Boden und die musste ich auch noch erreichen. Also setzte ich nach:

»Und glauben Sie mir: in dieser neuen Welt gibt es viel zu entdecken, viel zu tun, viel zu konstruieren und viel zu finanzieren. Und Sie können auch alle weiterhin in der Karibik Golf spielen und dicke Autos fahren!«

Gelächter. Das hörten alle Herren gerne.

Nach meiner Einleitung stellte Tom den technischen Teil des Projektes vor, zum Abschluss legte ich dann die Kalkulation vor. Wir waren uns einig, erstmal ein kleines Probevolumen zu fahren, aber die Kapazitäten so zu wählen, dass sie ausbaufähig sind. Und schon waren wir im Geschäft! Zumindest war der Anfang zu etwas Neuem gemacht.

Und hier hört meine Geschichte auf. Manchmal frage ich mich, wieso Toni ausgerechnet mich aufgesucht hatte, aber da ich keine Antwort finde und mich nun um meine neuen Projekte kümmern will, sage ich jetzt einmal laut:

»Danke, Toni!«

Mir hat die Begegnung mit ihm sehr geholfen, meinem Leben hat es sehr gut getan, er hat mich auf neue Möglichkeiten aufmerksam gemacht, denn die gibt es immer, wenn man die wahren Gefahren erkannt hat und weiß, was zu tun ist.

Der Krieg gegen uns hat schleichend begonnen, genauso das Erwachen. Der Krieg wird immer sichtbarer, das Erwachen immer unausweichlicher. Die Wahrheit wird uns befreien. Auch wenn sie schmerzt, aber an dem Schmerz wachsen wir.
 Der Mensch wird nun lernen, sich als ein spiritueller Mensch zu sehen. Einer, der sich als Teil der Schöpfung erkennt und nicht einen imaginären Gott außerhalb sucht. Und von genau dort bekommen wir die Kraft, die wir jetzt so dringend brauchen.

Aus Dankbarkeit habe ich alles aufgeschrieben, damit nicht nur der MICHEL ERWACHT, sondern hoffentlich auch noch der eine oder die andere Leserin.

Michel Bunt im Juli 2015.

Kapitel 15
Verzückung

Wir müssen vergessen, was wir gelernt haben, wir müssen verzeihen, was man uns angetan hat, erst dann werden wir uns erinnern, von wo wir kommen, von wem wir sind.

Auch fast vier Jahre später geisterten mir diese Worte immer noch durch meinen Kopf. Vielleicht lag in diesen Worten der Anfang für ein neues Leben, zumindest für mich. Vielleicht ist es wirklich so: die absolute Lehre ist die Erinnerung an unseren Ursprung. Wo kommen wir her? Und wenn wir das erkennen, gibt es nur eine Richtung, in die wir gehen können. Und da sind wir wieder bei der Liebe.

Und nicht nur mein Leben wurde besser, auch meine Liebe. Oder wurde mein Leben besser, weil meine Liebe besser wurde? Gibt es da einen kausalen Zusammenhang? Gewiss.

Aber alles beginnt mit der Erkenntnis, dass wir nichts lernen müssen, sondern uns nur erinnern müssen. Ganz tief in uns drin, genau wie die

Vögel, haben auch wir Menschen einen inneren Kompass, der uns den Weg zu einem gesunden Miteinander zeigt.

Dank Toni ist mir nun bewusst geworden, wie sehr man versucht, unseren Kompass zu verbiegen und wie subtil, gefährlich und vielfältig die Möglichkeiten geworden sind, das zu tun.

Seit vier Jahren achte ich nun darauf. Und es stimmt! Der Bann bricht, sobald man bewusst erkennt, was man uns antut. Deren Spiel der Verführung ist nicht mehr halb so mächtig, sobald wir es durchschaut haben. Gefahr erkannt, Gefahr gebannt.

Nicht ganz, denn leider gibt es immer noch genügend Altlast und Schmutz. Aber dank Toni habe ich mein Geschäft bzw. mein geschäftliches Streben komplett neu ausgerichtet. Ich finanziere nur noch Sachen, die nötigen Sinn machen. Neuerdings auch einen schwimmenden Roboter, der den Plastikmüll aus dem Meer zieht. Das ist die Erfindung von einem Kind gewesen. Jetzt wo ich ein bisschen mehr Durchblick habe, wundert mich es gar nicht mehr, dass wahre Genialität nur noch bei Kindern zu finden ist.

Bei der freien Energie sind wir auch einen großen Schritt weitergekommen. Doch dann bekamen wir eine Razzia von irgendeiner bewaffneten, uniformierten Einheit. Die haben alle Apparate zerstört und alles andere, was sie fanden, beschlagnahmt. Uns bleiben nur noch die Baupläne auf einem versteckten Pendrive, aber vorerst ist uns dieses Thema zu heiß. Erstmal ruhen lassen.

Diese bewaffneten, vermummten Storm-Trooper, die da kamen, um uns einzuschüchtern, machten es nur deutlicher. Das hat mit Polizei, Wachmann oder Schutzmann gar nichts mehr zu tun. Das sind Söldner des Großkapitals. Und die sind schlimmer als jede Gestapo und STASI zusammen.

Aber die haben nur Macht und Autorität, solange wir – und jene »Polizisten« – nicht erkennen, dass sie eigentlich die Privatarmee nur weniger, reicher Männer sind. Und vielleicht wird Blut fließen, wenn wir das durchschauen. Doch wenn, dann nur an wenigen Stellen und nicht für lange. Denn das Erwachen beginnt. Toni sagte es ja! Und besser man macht sich dafür bereit. Und wie mache ich das?

Sei ehrlich, erst zu dir selbst. Und von dir selbst sickert deine Ehrlichkeit in dein Umfeld. Denn auch Ehrlichkeit ist ansteckend.

Ach Mann, Toni. Ich vermisse Dich! Jetzt sind es bald vier Jahre her, wo er sich vor meinen Augen in Luft auflöste. Und immer noch habe ich keine Idee, wo er hin ist. Manchmal frage ich mich, ob ich ihn echt getroffen habe, oder ihn mir nur eingebildet habe. In Grainau war ich gewiss. Und im Krankenhaus war ich auch. Tom hatte mich ja abgeholt.

Aber was mir nach so vielen Jahren wirklich nicht mehr klar war: habe ich Toni echt gesehen oder war er meine persönliche Fata Morgana? Denn damals ging es mir nicht so gut. Ich hatte damals nicht nur zu viel getrunken, sondern auch Psychopharmaka genommen. Ich weiß, ich weiß. Bisher habe ich es nicht gesagt. Aber nachdem ich da neben dem Friedhof in der Matsche aufgewacht bin, war Schluss mit dem ganzen Quatsch.

Tom brachte mich vom Krankenhaus in Garmisch-Partenkirchen erst nach Grainau zum Hotel. Er half mir beim Auschecken. Leider war das Restaurant noch zu, leider war auch keiner vom Personal da, das an jenem Abend gearbeitet hatte. Zu gerne hätte ich damals schon gefragt, ob einer von ihnen diesen alten Mann auch gesehen hat. Ich wollte nur bestätigt haben, ob jemand anders ihn auch mit eigenen Augen gesehen hatte. Denn offenbar hat er nirgends Spuren hinterlassen.

Aber dafür ich: Tom kam aus dem Lachen nicht mehr raus, als er meinen Leihwagen, den kleinen, verprügelten, pinken Honda unter dem Ast eingeklemmt sah. Wenn dann Tom so kichert, dann denke ich, wir sind wieder zwölf Jahre alt.

Erst später fiel mir auf und das verunsicherte mich dann total, den Brief von Paula gibt es nicht mehr! Nirgends fand ich ihn! Habe ich mir den auch nur eingebildet? Oder verloren? Aber ich hatte ihn doch achtsam in meiner Brieftasche aufbewahrt. Doch er war weg. Vielleicht hat das Zimmermädchen im Hotel den Brief geklaut, während ich im Krankenhaus war. Oder hatte ich den Brief im Krankenhaus dabei? Dann war es nicht das Zimmermädchen, sondern die Krankenschwester, die ihn entwendet hat. Dass ich diesen Brief nicht mehr gefunden habe, machte mich eine Zeit lang richtig verrückt.

Tom glaubt mir, dass es den Brief gab, schließlich war er ja Zeuge meiner ganzen Reise von Anfang an. Und auch er konnte nicht erklären, wieso dieser Toni mich zu Paulas Grab brachte. Es machte alles keinen Sinn. Ein paar Mal haben wir da noch drüber geredet. Aber irgendwann merkte ich, dass ich jetzt nicht nochmal vom verschwundenen Toni und dem verlorenen Brief anfangen kann. Die Jahre vergingen und Gras wächst auch über einer Wissenslücke.

Dann hörte ich zufällig ein Gespräch, in dem einer seinem Freund gestand, wie bei ihm eine Mischung von Alkohol und Psychopharmaka die schlimmsten Halluzinationen hervorgerufen haben. Fest entschlossen, den Franzosen zu helfen, ist er nachts mit dem Fahrrad, splitternackt und nur mit einer Gelbweste bekleidet, Richtung Frankreich aufgebrochen. Er wohnte ja nur zwanzig Kilometer von der Grenze. Auch er wachte im Krankenhaus auf. Aber er hatte noch die Gelbjacke, die ihn an seine Tat erinnerte.

Auch wenn ich mir Toni nur eingebildet habe, seine Worte aber nicht. Sie erreichten mich im Herzen. Und nach seiner Lehre, ja er lehrte mich, anders kann man es nicht nennen und meinem darauffolgenden Zusammenbruch ging es mir tatsächlich besser. Ich wurde ehrlicher und leichter ging sich mein Weg. Und so ist für mich Toni kein Glaube, sondern eine Wahrheit.

Mit Jessica habe ich freundschaftlichen Frieden. Sie war immer schon reich, sie musste mich nicht vor Gericht ausquetschen. Unsere Scheidung verlief laut- und schmerzlos. Und unser Sohn, da waren und sind wir uns einig, braucht beide Eltern. So wohnt er unter der Woche bei ihr auf der Wasserburg und am Wochenende bei mir in der Stadt. Dort, wo ich immer noch Partner von Rudolph bin. Er mag, dass ich so aktiv und visionär geworden bin. Jetzt trinken wir nicht mehr den Whisky bei ihm zu Hause am Kamin unter dem Familienwappen. Jetzt trinken wir ein Bier im Ratskeller und essen dazu all dass, was seine Frau ihm zu Hause verbietet. Einmal im Monat schaffen wir das. Wir sind Geschäftspartner, wir sind Freunde, wieso sollten wir uns nicht mehr sehen, nur weil seine Tochter eine echte Pelma ist. Pelma ist Spanisch und steht für penetrante, ständig verspannte Nervensäge. Ja, das war Jessica wirklich! Jetzt, wo sie zur Vergangenheit gehört, kann ich es mir eingestehen und darüber lachen. Leiden tue ich schon lange nicht mehr wegen ihr. Und das gewiss auch, weil ich eine neue Liebe gefunden habe.

Der aufmerksame Leser ahnt, von wem die Rede ist. Gaby Neublatt. Meine Sekretärin. Seit dreieinhalb Jahren sind wir nun zusammen, seit zwei Jahren leben wir zusammen, sie ist bei mir eingezogen, Platz haben wir genug. Und seit sieben Monaten ist sie schwanger. Und es wird wieder ein Junge.

Und was mich enorm freut und mir extrem wichtig ist: Gaston hat Gaby und seinen kommenden Bruder ganz feste in sein Herz geschlossen. Seine Klassenlehrerin sagte mir mal, Gaston sei kein Scheidungskind, sondern ein Kind, das in zwei Wohnungen lebt. Um genauer zu sein: in einer Wasserburg und in einem Penthouse. Aber was nützen materielle Privilegien, wenn die Seele auf der Strecke bleibt?

Aber das bleibt sie nicht. Denn Gasti fühlt sich wohl, sowohl mit seiner Mutter, Opa Rudi und Oma Gertude, als auch mit mir und Gaby.

Übrigens, Rudi hat einen neuen Rüden, einen neuen Labrador Retriever. Aber diesmal heißt er Sebolt. Es war Gertrude, die wieder eine Eingebung hatte, und sie bestand darauf, dass in diesem Hause nie wieder ein Hund Gallus heißen soll. Und alle waren damit einverstanden. Mich wunderte nur, ob Sebolt auch ein Vorfahre war, werde mal bei Gelegenheit Rudi fragen. (Vielleicht gab es ja einen Sebolt, den Säufer.)

Und schon fast kitschig wird mein Happy End, wenn ich erzähle, dass Gaby und Jessica sich verstehen. Die sind jetzt nicht unbedingt Freundinnen, aber jedes Mal, wenn die sich begegnen, läuft es korrekt und herzlich ab. Sie respektieren sich und ich bin froh, dass es so ist.

Doch etwas nervös bin ich schon, heute ist der 24.12.2018 und Jessica hat uns zum Heiligen Abend in die Wasserburg eingeladen. Zum ersten Mal sollen wir diesen gesegneten Abend alle zusammen verbringen: der Graf und seine Familie, der Ex-Schwiegersohn mit neuer, bürgerlicher Liebe und entstehendem Spross und – der Star, der alles zusammenhält – der magische Enkel, der Thronfolger. Mein Sohn Gaston. Stolz der ganzen Familie.

Aber dass wir jetzt alle zusammen unter einem Weihnachtsbaum »Stille Nacht, heilige Nacht« singen sollen … wird das wirklich gut gehen? Sind zwei Königinnen an einem Tisch nicht eine zu viel? So ganz behaglich ist mir bei der Vorstellung nicht, aber Gaby hat zugesagt, Gasti freut sich und ich ... klar ... ich komme mit und sage danke. Aber Holzauge sei wachsam! Nicht den Bogen überspannen! Nicht, dass ein falsches Wort, eine falsche Geste alles zum Kippen bringt, und der Marzipan-Frieden verbrennt mit dem Tannenbaum.

Noch ein paar Stunden und ich werde wieder die Wasserburg betreten. Obwohl es mich freute, konnte ich meine Unruhe nicht überhören. Mir war so, als läge was in der Luft, dass heute noch irgendwas passieren würde. Am liebsten hätte ich Gertrude angerufen und gefragt, was das zu bedeuten habe. Aber das habe ich mir verkniffen, denn heute war ein hektischer Tag für alle.

Der 24.12. fiel auf einen Montag. Die Vorbereitungen vor Weihnachten nervten mich jedes Mal und wie immer verzog ich mich. Morgens war ich erstmal beim Friseur. Danach im Hallenbad und schwamm 1.500 Meter.

Zum Lunch traf ich Tom. Der wünschte mir dann einen harmonischen Heiligen Abend in der ganzen Sippschaft.

»Hoffentlich wird Jessi nicht stutenbissig.«

Genau das war auch meine Angst. Und ich wusste, meine Beziehung zu Gaby geht kaputt, wenn ich sie dann nicht kompromisslos verteidige ... und schon brennt der Adventskranz.

Wir nahmen dann noch den Nachtisch beim Spathmann gegenüber. Der hat das beste Eis. Tom verabschiedete sich, ich richtete meine Grüße an Barbara aus.

Mir blieben noch zwanzig Minuten und ich treffe Gaby vorm Rathaus. Wir hatten noch kein passendes Geschenk für Jessica. Was für ein Stress so ein Geschenk sein kann! Gaby wollte auf gar keinen Fall als knauserig oder geschmacklos auffallen. Und um jeden Konflikt im Vorfeld zu vermeiden, habe ich ihr versprochen, mich mit ihr nochmal in den Rummel zu stürzen, auf der Suche nach einem originellen und schönen Geschenk für Jessica.

Mit Gertrude und Rudolph machte sie nicht so einen Heckmeck. Oder es war einfach nur einfacher: ein guter Whisky und ein kostbares Parfüm gefällt den beiden nur dann nicht, falls man die Pakete vertauscht.

Also nochmal rein in das Geschubse und Geschiebe. Für Gaby tue ich alles, und ich tue auch alles, damit Jessi Grund zu Freude hat. Zumindest heute Abend.

An der Ecke Hauptstraße/Boulevard wartete ich. Überall Menschen, die Einkaufstaschen trugen. Es war nicht sonderlich kalt, eigentlich eher warm. Aber wieso das Wetter nicht mehr stimmt, davon haben wir ja schon gesprochen. Statt Schnee waren die Straßenbuden nun mit weißer Watte geschmückt. Weihnachtslieder schalten aus zwei, drei verschiedenen Ecken zu mir herüber. Und weit und breit keine Gaby in Sicht. Ich versuchte, sie anzurufen, keiner ging dran.

Es dauerte noch ein paar Minuten und Gaby kam durch das Gedränge, zusammen mit Gasti, was mich überraschte. Sie küsste mich, entschuldigte sich für die Verspätung, Jessica habe sie angerufen und sie gebeten, den Kleinen abzuholen, damit wir ihn ein paar Stunden von der Burg fernhalten. Die ganzen Weihnachtsvorbereitungen macht man natürlich ohne Kind. Hätte ich ja auch mal dran denken können! ... Aber okay.

Ich gab Gasti einen Kuss, er trug einen großen Sack und ich fragte ihn, was da drin sei.

»Ein Geschenk von Opa!«

Wieso sind alle immer so ungeduldig und fangen mit der Bescherung an, bevor der Abend überhaupt begonnen hat?

»Hast du zu Hause mal wieder so lange gequengelt, bis du wenigstens nur ein einziges Geschenk auspacken durftest?«

Mein Sohn schaute verlegen auf den Boden. Ich knuffte ihn und fragte: »Was ist es denn?«

»Komm mit und ich zeige es dir!«

Er zog mich an seiner kleinen Hand durch das Gedränge zum Rummelplatz rüber. Gaby folgte und trug sein Geschenk, den großen Sack.

Der Kleine zog mich zielstrebig zum Karussell und ich löste Karten. Es war eins von diesen alten Karussellen mit verschiedenen Fahrzeugen oder Tieren, auf die man sich setzen konnte. Es gab ein Auto, ein Flugzeug, einen Elefanten, ein Pferd, und Gasti ging zielstrebig auf die Mondrakete und kletterte auf den Sattel. Auch die Rakete hatte einen Sattel, genau wie das Pferd oder der Elefant. Kaum saß er oben, sagte er zu Gaby: »Mein Geschenk. Gib mir mein Geschenk!« Er war so aufgeregt, dass er vergaß, »bitte« zu sagen. Was er sonst immer tat, denn er ist ein feiner Kerl.

Das Karussell setzte sich in Bewegung, Gaby griff in den Sack und reichte ihm einen großen runden Astronautenhelm, dann sprang sie vom Karussell. Gaston, ich nannte ihn immer Gasti, seine Freunde wohl Toni, stülpte sich den Helm über und schon nahm er die richtige Position ein, für den Ritt auf seiner Rakete durchs All … und Jahrzehnte später durch die Zeit.

Ich stand vor ihm auf dem Karussell, das nun seine gemächlichen Runden zog. Ich musste mich nicht festhalten, ich fühlte mich zum ersten Mal frei wie ein Vogel. Mein Sohn jauchzte erfreut. Ich griff nach meinem Smartphone und machte dann das Foto, das ich bei meinem alten Sohn im Portemonnaie finden sollte. Die Reflexion in seinem Helm war ich!

Tränen füllten meine Augen, noch nie war ich glücklicher.

Gewidmet für
Prof. Dr. Gaston Vettorazzi

Der Alte, der mich kurz besuchen kam.

**Rosalie Bertell
Kriegswaffe
Planet Erde**

€ 22,95

Broschur, über 572 Seiten

ISBN 978-3-941956-36-0

Zu bestellen bei:

J. K. Fischer-Verlag

Im Mannsgraben 33
63571 Gelnhausen

Tel.: 06051 474740
Fax: 06051 474741

info@j-k-fischer-verlag.de

Wollen Sie, daß die Natur, ja der ganze Planet uns allen zum Feind gemacht wird?

Wollen Sie, daß die Erde eine Kriegswaffe ist, die alle, alles, ja sich selbst bedroht?

Vorwort Dr. Vandana Shiva - Einführung von Prof. Dr. Claudia von Werlhof - Juristische Betrachtung durch Rechtsanwalt Dominik Storr - Nachwort von Werner Altnickel

Wollen Sie

- in einem neuartigen planetaren Dauerkrieg mit angeblichen Naturkatastrophen leben?
- jedes Jahr Angst um Ihre Ernte haben?
- nur noch vom Wetter reden müssen?
- Millionen von Klimaflüchtlingen vor der Tür stehen haben?
- mit dem Flugzeug in ein Magnetloch fallen?
- oder in ein Strahlen-Experiment mit der Atmosphäre geraten?

Wollen Sie den Polsprung erleben, kosmischer Gamma- und Röntgenstrahlung ausgesetzt sein, oder täglich Barium, Strontium und Nanopartikel mit der Atemluft zu sich nehmen?

Wollen Sie, daß es immer heißer wird, selbst wenn der CO_2-Ausstoß verboten wird, oder weil umgekehrt eine neue Eiszeit ausbricht, da der Golfstrom abgerissen ist?

Wollen Sie zusehen, wie die Elemente - Erde, Wasser und Luft - und mit ihnen unsere Lebensgrundlagen angegriffen, ja zerstört werden?

Wollen Sie vorhersehen müssen, daß spätestens Ihre Kinder keine Zukunft haben werden?

Nein?

Dann hören Sie damit auf

- sich von Medien, Wissenschaft und Politik weiterhin auf das Dreisteste belügen zu lassen.
- blauäugig und ahnungslos, aber im Glauben, ein mündiger Bürger zu sein, herumzulaufen.
- sich als freiwilliges Versuchskaninchen benutzen zu lassen.
- erst etwas zu tun, wenn Sie persönlich betroffen sind.
- sich in Zukunft sagen lassen zu müssen, daß Sie weggeschaut und nichts gemacht haben, obwohl Sie es hätten wissen müssen.

www.j-k-fischer-verlag.de

- immer noch zu meinen, daß „die da oben" nur Gutes mit uns im Sinn haben.
- diese Figuren auch noch zu wählen, damit sie damit fortfahren können, uns und den ganzen Planeten in verbrecherischer Weise aufs Spiel setzen zu lassen.

Und: Lesen Sie das Buch der Trägerin des alternativen Nobelpreises, der amerikanischen Ärztin und Umweltaktivistin Rosalie Bertell.

Wenn Sie sich also nicht vollends lächerlich machen wollen, dann informieren Sie sich endlich! Das Buch dazu können Sie bald in den Händen halten!

Und wenn Ihnen noch einmal jemand sagt, Sie seien ja bloß ein „Verschwörungstheoretiker", dann halten Sie ihm dieses Buch vor die Nase!

Alles ist machbar und wird längst gemacht! Oder haben Sie geglaubt, die Arktis taut wegen des CO_2 ab? Oder die Sowjets und die Amerikaner hätten nie gemeinsam gehandelt? Millionen Menschen - von Tieren, Pflanzen und Landschaften ganz zu schweigen - sind bereits Opfer von angeblichen Naturkatastrophen, die sich seit den siebziger Jahren verzehnfacht haben! Wollen Sie auch zu den Opfern gehören? Wollen Sie, z. B. über Ihre Versicherungsprämien, für Schäden aufkommen, die völlig überflüssigerweise entstanden bzw. absichtlich verursacht worden sind?

Oder wollen Sie gefragt werden, mitreden, anklagen, dafür sorgen, daß die Opfer zumindest nachträglich noch entschädigt werden, nachforschen, sich mit anderen zusammentun, dem Treiben möglichst umgehend ein Ende bereiten?

Wollen Sie warten, bis es wirklich zu spät ist?

Naturkatastrophen sind machbar. Gerade auch die großen. Und zwar seit Jahrzehnten. Merken Sie es auch langsam?

Es wird Zeit, daß bei jeder dieser Katastrophen Beweise dafür verlangt werden, daß diese natürlichen Ursprungs waren. Sie werden sich wundern, wie selten das möglich sein wird...

Wir haben nur diese eine Erde!

Die unter dem Titel „Kriegswaffe Planet Erde" überarbeitete deutsche Übersetzung von „Planet Earth. The Latest Weapon of War", die unter der Leitung von Prof. Dr. Claudia von Werlhof editiert wurde, können Sie nun bestellen.

Unsere Autorin ist Fachberaterin der Atomenergiebehörde „US Nuclear Regulatory Commission", der Umweltschutzbehörde „US Environmental Protection Agency" und der kanadischen Gesundheitsorganisation „Health Canada". Seit 1990 ist Dr. Rosalie Bertell Mitglied des wissenschaftlichen Beirats der gemeinsamen Kommission Kanadas und der USA, der „US-Canada International Joint Commission" (IJC), Fachgruppen: Große Seen und Atomfragen. Gemeinsame Forschungsaktivitäten mit der Japanischen Vereinigung von Wissenschaftlern, dem Institut für Energie und Umweltforschung in Deutschland, der Bevölkerung des Rongelap-Atolls auf den Marshallinseln, der Konsumentenvereinigung von Penang in Malaysia, der indischen Vereinigung für Arbeitsschutz und Umweltfragen in Quilan sowie der philippinischen Bürgerinitiative „Citizens for Base Clean-Up". Bertell war drei Mal Mitglied des Permanenten Völkertribunals und Leiterin der Internationalen Medizinischen Kommission von Bhopal und der Internationalen Ärzte-Kommission Tschernobyl in Wien (1996).

Peter Denk
Das
Mars-Geheimnis

€ 22,95

Festeinband, 270 S.

ISBN 978-3-941956-59-9

Zu bestellen bei:

J. K. Fischer-Verlag

Im Mannsgraben 33
63571 Gelnhausen Hailer

Tel.: 0 66 68/91 98 94 0
Fax: 0 66 68/91 98 94 1

info@j-k-fischer-verlag.de

Gibt es doch Leben auf dem Mars? Gab es in der Vergangenheit sogar noch entwickelte Zivilisationen auf dem Roten Planeten? Dieses Buch liefert neue, spektakuläre Originalfotos des Mars-Rovers Curiosity, die unser bisheriges Wissen umstürzen!

Was ist eigentlich im Weltraum los? Seit Mitte des 20. Jahrhunderts ist man offiziell zu bemannten Weltraumflügen in der Lage, und bereits 1969 landete man auf dem Mond. Fällt Ihnen nicht auch auf, dass vom Pioniergeist vergangener Jahrzehnte kaum noch etwas zu spüren ist? Wieso wurden die Apollo- und Space-Shuttle-Missionen eingestellt? Warum hat man noch nicht längst das Sonnensystem erobert? Könnte man nicht schon viel weiter in den Weltraum vordringen?
Der investigative Buchautor und Ingenieur Peter Denk liefert in seinem Buch Das Mars-Geheimnis und weitere Enthüllungen Antworten auf diese und viele weitere Fragen. Dabei stützt er sich sowohl auf öffentlich zugängliche Quellen als auch auf brisante Informationen von Insidern und Whistleblowern. Seine Ergebnisse sind erstaunlich: So sind die Astronauten beim Challenger-Unglück 1987 gar nicht verunglückt, sondern waren überhaupt nicht an Bord und leben unter neuen Identitäten als Wissenschaftler in führenden Positionen. Tatsächlich wurden die Aktivitäten im Weltraum nicht heruntergefahren, sondern im Gegenteil erheblich ausgebaut – allerdings im Geheimen! Dank des Internet und zahlreicher »Aussteiger« kann heute jedoch immer weniger geheim gehalten werden.

Nach den Aussagen vieler Fachleute gibt es schon seit Jahrzehnten geheime Weltraumprogramme, im Sonnensystem betriebene Kolonien und umfassende Kontakte – sogar politische Bündnisse – mit Außerirdischen sowie unterirdische Anlagen auf der Erde, in denen Menschen und Außerirdische gemeinsame Forschungen betreiben. Mit Hilfe weit fortgeschrittener Technologien können bereits Interstellarreisen und möglicherweise sogar Zeitreisen durchgeführt werden. Und auch die Existenz von Leben auf dem Mars ist längst bewiesen; es gab dort in der Vergangenheit sogar hochentwickelte Kulturen, deren Zeugnisse sich bis heute erhalten haben. Artefakte menschlichen oder außermenschlichen Ursprungs und Lebewesen auf dem Mars finden sich selbst auf Fotos, die auf der Webseite der NASA betrachtet werden können. Wir müssen nur die Puzzleteile zusammenfügen, und es ergibt sich ein ganz neues Bild unserer Realität.
Zu viele Menschen leben noch in der »Matrix«, in dem kontrollierten und ferngesteuerten Lügengespinst von Politik und Massenmedien – es liegt an uns selbst, diese Programmierungen zu durchbrechen und zu Wahrheit und Freiheit durchzudringen!

www.j-k-fischer-verlag.de

Tilman Knechtel
Die Rothschilds
Eine Familie beherrscht die Welt

€ 22,95

Festeinband, 352 S.

ISBN 978-3-941956-21-6

Zu bestellen bei:

J. K. Fischer-Verlag

Im Mannsgraben 33
63571 Gelnhausen

Tel.: 06051 474740
Fax: 06051 474741

info@j-k-fischer-verlag.de

Unglaublich, aber wahr: Es gibt eine unsichtbare Macht auf diesem Planeten, die seit mehr als zwei Jahrhunderten völlig unbehelligt am Rad der Geschichte dreht. Die Familie Rothschild kontrolliert aus dem Hintergrund die Knotenpunkte zwischen Politik, Wirtschaft und Hochfinanz. Lange konnten sie sich in behaglicher Sicherheit wiegen, denn die Geheimhaltung stand seit jeher im Mittelpunkt ihrer Strategie. Doch nun fliegt ihr Schwindel auf, die Mauer des Schweigens beginnt zu bröckeln, immer mehr Menschen wachen auf und erkennen die wahren Drahtzieher hinter den Kulissen des Weltgeschehens!

Fernab von abenteuerlichen Verschwörungstheorien identifiziert dieses Buch die Familie Rothschild als Kern einer weltweiten Verschwörung der Hochfinanz, deren Kontrollnetz sich wie Krakenarme um die ganze Erdkugel geschlungen hat und sich immer fester zusammenzieht. Sie erzeugen systematisch Krisen, mit denen sie ihre Macht weiter ausbauen. An ihren Händen klebt das Blut aller großen Kriege seit Beginn der Französischen Revolution. Ihre ganze Menschenverachtung bewiesen sie, indem sie die Nationalsozialisten finanzierten und Millionen Angehöriger ihrer eigenen Glaubensgemeinschaft in den Tod schickten. Doch ihr Blutdurst ist noch lange nicht gestillt: Ihr Ziel ist ein alles vernichtender Dritter Weltkrieg und eine Weltregierung, gesteuert aus Jerusalem.

Entdecken Sie die Tricks und Strategien der Familie Rothschild, ihre Organisationen, ihre Banken, ihre Agenten. Erfahren Sie mehr über die wahren Ursprünge von Nazismus, Kommunismus und Zionismus. Erkennen Sie die direkte Einflussnahme der Rothschilds auf politische Schwergewichte von der englischen Königsfamilie bis zu amerikanischen Staatspräsidenten. Finden Sie heraus, wie es möglich sein kann, dass die Geschicke der Welt von einer einzigen Familie zentral gesteuert werden.

Dieses Werk wird Ihnen die Augen nicht nur öffnen, sondern weit aufreißen. Auf 304 Seiten werden hunderte von Zusammenhängen erschlossen, die Ihnen die Mainstream-Medien mit aller Macht verschweigen wollen. Die wahren Feinde der Menschheit zu indentifizieren, die Kriege, Versklavung, Unterdrückung und Verarmung erst möglich machen, ist das Ziel dieses Buches. Lernen Sie die allmächtigen Rothschilds kennen!

www.j-k-fischer-verlag.de

John Coleman
Die Hierarchie der
Verschwörer
**Das Komitee
der 300**

€ 19,95

Klebebroschur, 488 S.

ISBN 978-3-941956-10-0

Zu bestellen bei:

J. K. Fischer-Verlag

Im Mannsgraben 33
63571 Gelnhausen

Tel.: 06051 474740
Fax: 06051 474741

info@j-k-fischer-verlag.de

Können Sie sich eine allmächtige Gruppe vorstellen, die keine nationalen Grenzen kennt, über dem Gesetz aller Länder steht und die alle Aspekte der Politik, der Religion, des Handels und der Industrie, des Banken- und Versicherungswesens, des Bergbaus, des Drogenhandels und der Erdölindustrie kontrolliert – eine Gruppe, die niemandem als ihren eigenen Mitgliedern gegenüber verantwortlich ist?

Die überwiegende Mehrheit der Menschen hält dies für unmöglich. Wenn Sie auch dieser Meinung sind, dann gehören Sie zur Mehrheit. Die Vorstellung, daß eine geheime Elitegruppe alle Aspekte unseres Leben kontrolliert, geht über deren Verständnis hinaus. Amerikaner neigen dazu, zu sagen: „So etwas kann hier nicht geschehen. Unsere Verfassung verbietet es."

Daß es eine solche Körperschaft gibt – das Komitee der 300 –, wird in diesem Buch anschaulich dargestellt. Viele ehrliche Politiker und Publizisten, die versuchen, unsere Probleme anzugehen, sprechen oder schreiben über „sie". Dieses Buch sagt genau, wer „sie" sind und was „sie" für unsere Zukunft geplant haben. Es zeigt, wie „sie" mit der amerikanischen Nation seit mehr als 50 Jahren im Krieg stehen, einem Krieg, den wir, das Volk, verlieren. Es stellt dar, welche Methoden „sie" benutzen und wie „sie" uns alle gehirngewaschen haben. Ereignisse, die seit der Erstveröffentlichung dieses Buches abgelaufen sind, sprechen Bände über die Richtigkeit der getroffenen Vorhersagen und für die saubere Recherche seines Autors Dr. John Coleman.

Wenn Sie einerseits ratlos und verwirrt sind und sich fragen, wieso ständig Dinge passieren, die wir als Nation eigentlich ablehnen, wenn sie sich andererseits jedoch machtlos fühlen, zu verhindern, daß wir immer auf das falsche Pferd setzen, wieso unsere einstigen sozialen und moralischen Werte verfälscht und untergraben werden; wenn Sie durch die vielen Verschwörungstheorien verwirrt sind, dann wird Ihnen „Die Hierarchie der Verschwörer – Das Komitee der 300" die Sachverhalte kristallklar erklären und zeigen, daß diese Umstände absichtlich geschaffen wurden, um uns als freie Menschen auf die Knie zu zwingen.

Wenn Sie erst einmal die entsetzlichen Wahrheiten, die in diesem Buch stehen, gelesen haben, werden Sie lernen, Vergangenheit und Gegenwart zu verstehen. Dann werden Ihnen soziale, wirtschaftliche, politische und religiöse Phänomene nicht länger schleierhaft vorkommen. Diese hier vorliegende Entlarvung der gegen die Vereinigten Staaten und die ganze Welt gerichteten Mächte kann nicht ignoriert werden. Der Autor vermittelt Ihnen eine ganz neue Wahrnehmung hinsichtlich der Welt, in der wir alle leben.

www.j-k-fischer-verlag.de

John Coleman
Das Tavistock-Institut
Auftrag: Manipulation

€ 19,95

Softcover, 400 S.

ISBN 978-3-94195-611-7

Zu bestellen bei:

J. K. Fischer-Verlag

Herzbergstr. 5–7
D-63571 Gelnhausen-Roth

Tel.: 06051 474740
Fax: 06051 474741

info@j-k-fischer-verlag.de

Entdecken Sie die wahre, bisher verschwiegene Geschichte des 20. Jahrhunderts, gelangen Sie zu einem besseren Verständnis der Irrationalität moderner Politik . Das Tavistock-Institut hatte eine tiefgreifende Wirkung auf die moralische, geistige, kulturelle, politische und wirtschaftliche Politik der USA und Großbritanniens. Keine Institution hat mehr dafür getan, die USA mittels Propaganda in den Ersten Weltkrieg hineinzutricksen. Fast die gleichen Taktiken wurden von den Sozialwissenschaftlern des Tavistock-Instituts angewendet, um die USA in den Zweiten Weltkrieg und die Kriege gegen Korea, Vietnam, Serbien und den Irak zu hetzen.

Die Völker waren und sind sich dessen nicht bewußt, daß sie ständig indoktriniert und manipuliert, daß sie gehirngewaschen wurden und werden. Der Ursprung dieser Gehirnwäsche, dieser nach innen gerichteten Konditionierung , wird im vorliegenden Buch mit zahlreichen Originalzitaten und Quellenbelegen geschildert. Der Niedergang der europäischen Monarchien, die bolschewistische Revolution, der Erste und Zweite Weltkrieg, die krankhaften Konvulsionen in Religion, Moral und Familienleben, im Wirtschaftsleben und in der politischen Moral; die Dekadenz in Musik und Kunst – all dies kann auf Massenindoktrinierung zurückgeführt werden, geplant und ausgeführt von den Sozialwissenschaftlern des Tavistock-Instituts. Ein prominenter Mitarbeiter des Institutes war Eduard Bernays, ein Neffe Sigmund Freuds. Dr. Joseph Goebbels und der Kommunist Willy Münzenberg waren seine gelehrigen Schüler.

Das vorliegende Buch ist die weiterführende Ergänzung des Werkes Das Komitee der 300 von Dr. John Coleman. Es besticht durch eine Vielzahl von historischen Originalzitaten, seine Aussagen sind durch Quellenangaben belegt.

www.j-k-fischer-verlag.de

**John Coleman
Der
Club-Of-Rome**

€ 11,95

Softcover, 130 S.

ISBN 978-3-94195-612-4

Zu bestellen bei:

J. K. Fischer-Verlag

Herzbergstr. 5–7
D-63571 Gelnhausen-Roth

Tel.: 06051 474740
Fax: 06051 474741

info@j-k-fischer-verlag.de

www.j-k-fischer-verlag.de

Der Club of Rome Der Club of Rome (COR) ist die größte Denkfabrik der Neuen Weltordnung. In Amerika war sie völlig unbekannt, bis Dr. John Coleman ihre Existenz 1969 zum ersten Mal enthüllte und unter demselben Titel 1970 sein aufsehenerregendes Buch veröffentlichte. Gegründet nach den Anweisungen des Komitees der 300, wurde die Existenz dieses elitären Clubs lange geleugnet, bis die 25-Jahrfeier seiner Gründung in Rom abgehalten wurde. Der Club of Rome spielt eine vitale Rolle in der gesamten externen und internen Planung der USRegierung.

Übrigens: er hat nichts mit Rom, Italien oder der Römisch-Katholischen Kirche zu tun ...

Das vorliegende Buch ist das letzte der Coleman-Trilogie (Band I: Die Hierarchie der Verschwörer – Das Komitee der 300, Band II: Das Tavistock-Institut – Auftrag: Manipulation) und versteht sich als tiefergreifende Aufarbeitung der für die westliche Welt verheerenden Aktivitäten des Club of Rome.

Harald Sitta
Der UN-Migrationspakt
Was sagt er?
Was bewirkt er?

€ 10,95

Broschur geheftet, 100 S.

ISBN 978-3-941956-89-6

Zu bestellen bei:

J. K. Fischer-Verlag

Im Mannsgraben 33
63571 Gelnhausen-Hailer

Tel.: 0 66 68/91 98 94 0
Fax: 0 66 68/91 98 94 1

info@j-k-fischer-verlag.de

Der UN-Generalsekretär Antonio Guterres sieht in dem Migrationspakt »ein Instrument« zur »Steuerung der Globalen Migration«, das nun endlich verfügbar sei. Derzeit seien, so Guterres, 300 Millionen (also rund 3,4 Prozent der Weltbevölkerung) »Migranten« (nicht Flüchtlinge!) unterwegs.

Ob sich Deutschland am UN-Migrationspakt beteiligen sollte, wollte die Zeitung Die Welt wissen. 93 Prozent der 38500 Befragten verneinten, der Pakt sei zu unausgereift. Das ist bezeichnend. Kritiker werfen der Bundesregierung vor allem vor, keine Öffentlichkeit hergestellt zu haben: Weder in der Öffentlichkeit, noch in den Medien, noch in den parlamentarischen Gremien fand eine sachliche Diskussion statt. Die erste offizielle deutsche Übersetzung des Migrationspakts war erst am 8. Oktober 2018 verfügbar! Bei der ersten Bundestagssitzung am 8. November 2018, die sich der Frage widmete, stellten sich außer der AfD alle Parteien kritiklos hinter das geplante Regelwerk.

Globalisten und Gutmenschen argumentieren beschwichtigend, dass mit dem UN- Migrationspakt sich viele Länder in der Welt angeblich zu Prinzipien verpflichten würden/werden, die in der Europäischen Union schon lange gelten, dass die in dem Pakt erhobenen Ziele daher Europa nicht verändern werden. Die Volksvertreter ihrerseits werden nicht müde zu betonen, dass es sich bei diesem Pakt um eine unverbindliche Absichtserklärung handele, die keinerlei nationale Souveränität einschränken werde.

Gegen den Willen eines Staates bzw. seines Souveräns, des Volkes, eine solche Zuwanderung zu erzwingen, wäre die Entrechtung und Enteignung eines ganzen Staates, einer ganzen Nation, doch auf nichts Geringeres läuft der Globale Pakt hinaus! Laut UN ist dieser zwar rechtlich nicht verbindlich, aber politisch bindend und könnte eines Tages ›rechtsverbindlich‹ werden. Diese Aufklärungsschrift legt die Gründe dar, warum der Migrationspakt nicht unterschriftsreif ist.

**Tim Dabringhaus
Das Erwachen
beginnt**

€ 19,95

Festeinband, ca. 300 S.

ISBN 978-3-941956-71-1

Zu bestellen bei:

J. K. Fischer-Verlag

Im Mannsgraben 33
63571 Gelnhausen

Tel.: 06051 474740
Fax: 06051 474741

info@j-k-fischer-verlag.de

www.j-k-fischer-verlag.de

Haben Sie sich schonmal gefragt, wieso immer mehr Menschen erkranken, wobei die Medizin und der Umweltschutz immer besser werden? Haben Sie sich schonmal gefragt, wieso Wahlen nichts nützen? Haben Sie sich schonmal gefragt, wieso alles auf den Kopf gestellt wird? Wieso Männer endlich Frauen sein dürfen, und der Winter endlich Sommer? Haben Sie sich schon mal gewundert, wieso wir so viel geistigen Dünnschiss - egal ob im TV oder im Internet - ertragen müssen? Haben wir wirklich das Leben, das wir uns gewünscht haben? Oder steuern wir kollektiv auf den Abgrund zu? Oder werden wir gesteuert? Und was kommt hinter dem Abgrund? In diesem Buch wird mit frecher, herzlicher Stimme all das besprochen, was Sie immer schon wissen wollten, sich aber nie getraut haben zu fragen.

Holger Fröhner
Das letzte Protokoll

€ 21,95

Festeinband, 450 S.

ISBN 978-3-941956-02-5

Zu bestellen bei:

J. K. Fischer-Verlag

Herzbergstr. 5–7
D-63571 Gelnhausen-Roth

Tel.: 06051 474740
Fax: 06051 474741

info@j-k-fischer-verlag.de

Vom Autor des Bestsellers „Das Deutschland Protokoll"

Es ist Nacht geworden in Deutschland. Und nicht nur in Deutschland. Wir lassen uns kollektiv von machtbesessenen, moralfreien und völlig inkompetenten Politikern in den Untergang führen. Wir werden dabei von ALLEN Parteien belogen und betrogen, denn es geht längst nicht mehr um den Willen des Volkes, sondern um Machterhalt, Profit und Lobbyismus; darum, wie aus den Armen und der Mittelschicht noch der letzte Euro herausgepresst werden kann, um den milliardenschweren Konzernen auf unsere Kosten weitere Erleichterungen zu verschaffen, oder um Wirtschaftsunternehmen, die Milliarden verzockt haben, mit unseren Steuergeldern zu unterstützen.

Doch damit nicht genug: In Deutschland herrscht mittlerweile ein Meinungsverbot und der Gesinnungsterror: es ist verboten, sich offen gegen die Masseneinwanderung zu äußern. Wer dies dennoch tut, wird Opfer einer medialen Hetzjagd, politisch verfolgt, diskriminiert, beleidigt, bedroht und sogar Opfer persönlicher Übergriffe oder verliert oft auch seinen Arbeitsplatz, um seine wirtschaftliche Existenz zu zerstören. Die vorgegebene Staatsmeinung wird von der gleichgeschalteten Presse medial als 11. Gebot ohne Alternative verkauft. Alle abweichenden Ansichten werden unter dem Hinweis, es handele sich um Hetze, verboten und als Rassismus oder rechtsradikales Gedankengut geahndet. Was hat dies noch mit dem Recht auf freie Meinungsäußerung zu tun?!

Meinungsfreiheit ist in Deutschland längst zu einer Mutprobe geworden. Stattdessen herrscht vollkommene Zensur - und die Medien spielen mit.

Die „Alternativlosigkeit" wurde zur Staatsdoktrin und die Demokratie konnte einpacken. Wie in der DDR wurde das Parlament nicht mehr gefragt - oder noch unwürdiger - zum Jubelverein degradiert. Deutschland ist zu einer Scheindemokratie verkommen, wo sich jeder wieder überlegen muss, was er sagt oder schreibt, wo es wieder eine Gedankenpolizei gibt. Denn weil das Volk anders denkt, muss es abermals unterdrückt werden.

Was also passiert da gerade mit unserem Land?!

Dieses Buch enthüllt Ihnen nun die schonungslose Wahrheit hinter der staatlich gesteuerten Propaganda und deren perfide Mittel. Es zeigt Ihnen ungeschönt das wahre Gesicht der ins Land strömenden Migranten, die mit der Unterstützung unserer „Volksvertreter" unser aller Sicherheit gefährden. Und es macht Ihnen klar, wie weit die Islamisierung Deutschlands bereits voran geschritten ist.

www.j-k-fischer-verlag.de